LE DÉSERT DE L'AMOUR

愛的荒漠

FRANÇOIS MAURIAC

佛朗索瓦·莫里亞克 著

桂裕芳 譯

愛情如果是一座荒漠……

林德祐
（國立中央大學法文系副教授）

隨著蒙迪安諾在二〇一四年獲得諾貝爾文學獎，法國已有十五個作家獲此世界級殊榮的肯定。莫里亞克於一九五二年獲獎，是第八位獲得諾貝爾文學獎的法國作家，前有紀德，後有卡繆，莫里亞克獲獎的原因在於「深入刻劃了人類生活的悲劇時所展現的精神洞察力和藝術激情。」從這段話來看，似乎更指向二〇年代莫里亞克投入文壇後所寫的一系列小說，小說的內容大多以波爾多與松林濃密的朗德平原爲背景，描寫家庭日常生活之間的瑣碎與冷漠，深刻揭露天主教資產階級的僞善與罪惡。小說鋪展出一種窒息的外省鄉下氛圍，人心被怨恨佔據，生存已經是困境，愛情卻又來考驗個人。荒漠既是外在世界的象徵，也是人類處境的隱喻……

一九二四年到一九二八年間，莫里亞克發表的一系列小說中，故事內容都涉及了不同世代之間愛情的衝突。評論家也都注意到幾本小說之間主題深刻的相似性。一個熟齡女子愛上年輕小伙子，或年輕小伙子愛上了少婦。莫里亞克大致以此為處境，在不同小說裡開展了許多可能性。《愛的荒漠》就是其中一本，小說中雷蒙這位年輕男子愛上了一個比他大的女人，他原以為雙方都情投意合，只待他展開行動，但最終女子拒絕了他，讓他覺得羞愧不已，所以才有小說開頭的那一句話：「多年來，雷蒙．庫雷熱一直希望在人生的道路上再次遇見瑪麗亞．克羅絲，渴望對她進行報復。」

無獨有偶，雷蒙的父親，庫雷熱醫生，也愛上同一位女子，但瑪麗亞對他只有尊敬沒有愛意。在這本書中，父與子都愛上同一個女子，最終沒人能獲得愛情，雙重的失敗，雙重的屈辱，書名是「愛的荒漠」，行走其中的旅者，永遠忍受著飢餓，永遠無法止渴。

「愛的荒漠」，這樣的標題或許平淡無奇，就連莫里亞克也不否認，但對一個浸潤在濃厚的天主教思想的作家而言，荒漠這個隱喻最能表達愛情那種蠱人、噬人，令人進退維谷的特性。莫里亞克的作品銘刻在二〇年代的法國小說脈絡，人物絕望地追尋幸福與愛情，而上帝缺席，世界正在崩壞瓦解。此一時期的莫里亞克正經歷精神上的危機，但也是在這種形而上焦慮的時期他的小說獲得極高的評價，成爲當時暢銷作家。

在這二〇年代縈繞著莫里亞克的主題之一就是年紀漸長，世代鴻溝難以跨越的問題。雖然莫里亞克當時也才四十歲，但這已經是「昔日一少年」邁入爲人父親的時期，與青少年分歧不同的陣營，至少四十幾歲的價值觀肯定與青少年衝突。莫里亞克和他筆下正在衰老的人物都發現了，心的年齡與身體年齡不成正比。在很多小說中，莫里亞克的人物都逃不開年齡漸增的糾纏，作家似乎過度仔細地標示著人物的年紀，小說一開始，酒吧裡的鏡子倒映出被時間標誌的臉孔：「這張還沒有被三十五歲的年齡損壞的面孔」（第一章，頁三二）；雷蒙在酒吧遇見多年不見的瑪麗亞時，他特別注意到「在這張臉的下半部，這裏或那裏都有四十個年頭的痕跡。」

（第一章，頁三五）然而，年輕的心依然潛伏在逐漸老去的軀殼之中，像覆雪下方冬眠的一頭獸。衰老的軀殼，老朽的身體底下蜷縮著一個永不饜足的小野獸。

隨著時間推移，老人與年輕人之間的鴻溝不斷加深。對醫生而言，兒子就像是一個陌生人，兩人個性也南轅北轍，醫生想要打破沉默，好好的與兒子溝通，但莫里亞克的人物，經常躲在自己的工作中，與家人就是講不出任何體己話。醫生想歸想，註定無法表達自己的情感，只能放任內心獨白：

> 爲什麼我們彼此從不談心？你認爲我不會理解你。難道父子之間這麼遙遠？父子相差二十五歲，這又算得了什麼？我的心和二十歲一樣，而你是我生的，很可能我們會有共同的愛好、厭惡、慾望……我們之間的沉默將由誰來首先打破呢？（第五章，頁一〇三）

莫里亞克小說中的家庭也像一座荒漠，父子之間無話可說，夫妻之間話不投機。他的妻子聽見他的呼喚：「被活埋者窒息的呼喚」、「埋在地下的礦工的呼喚」（第五章，頁一〇七）但卻不知撫慰內心沮喪的先生。醫生的太太永遠活在家事的進行式中，無法與丈夫敞開心胸講話。丈夫內心苦悶，而一旁的妻子在乎的只是：「你又忘了關房間的電燈！」小說的每個人物都無法與人溝通，也像是活在不同的時區中。可以發現，莫里亞克經常會用行星的意象：「同一個家庭的成員們像銀河系的各個星體一樣，既生活在一起，又彼此隔離。」（第六章，頁一一八）

諷刺的是，兩個應該沒有交集、興趣迴異的父與子卻共同愛上瑪麗亞。雷蒙是個玩世不恭的花花公子，眼裡只有自己，只被鏡中自己的影像給吸引。最初，莫里亞克給小說設想的標題是「納西瑟斯的復仇」。的確，小說也讓人聯想到納西瑟斯（Narcissus）這個神話人物。雷蒙所到之處總是非常在意別人的目光：「他聽見女人們彼此問道：『那高個子青年是誰？』，便感到自豪。」（第一章，二十頁，林鬱）在草稿中，莫里亞克把雷蒙這號人物的性向塑造得更加可疑，不僅吸引女性，連男性也迷戀他。自戀的形象原本就是青少年的典型，顧影自憐，探詢著自己的身分。只不過，莫里亞克的青少年拒絕長大，三十幾歲的人了，依然只凝望著鏡中的影像。他的孤獨既是納西瑟斯的孤獨，也是唐璜的孤獨：那些男男女女如果能讓他感到興趣，只不過是爲了滿足他的自戀的性格。唐璜再怎麼縱橫情場，其實也是缺乏愛情的人。

醫生的形象與兒子迥異，他是一家之主，埋首工作，克盡職守。但他一生也可說是缺乏愛情的人物。雷蒙是納西瑟斯，任何愛情的追求都只是回歸自己，而醫生則是一個「遭到活埋的人」。他怨嘆，人生一切都太遲了。他這一輩子一絲不苟地活著，不曾有行爲上的逾矩，但是他也自問道，放蕩的生活是否就能讓他獲得解脫呢？在愛的荒漠中踽踽獨行，他的孤獨到了最高點。瑪莉婭因看診而認識他，醫生對她而言是個聖人般的長者。然而，在這個可敬的表面底下，隱匿著一個被慾望侵蝕的男人，他暗自追蹤著心愛的女子，囚禁在自我的束縛之中。

小說故事背景是波爾多，熱浪的天氣令人窒息，地理景觀造就了當地炙熱難耐的氣候，「波爾多城的夏天，山巒擋住了北風，松林以及積蓄熱量的砂礫一直伸展到城門口，將城市團團圍住。」（第三章，頁四十四）悲劇就在荒漠般的炙熱中進行著，而當地一種特殊的儀式活動也持續在進行著：小說經常提到人群正往鬥牛場移動。鬥牛雖與情節無關，但卻爲小說增添了一種西班牙式的暴力儀式。鬥牛不也是一種天真、注定要被犧牲的受難者？鬥牛士勾劃著殘酷的華麗舞姿，最後，最高潮的時候，手持長矛，刺穿了那橫衝直撞的慾望化身。不論是春青懵懂莽撞的慾望，還是老父親最後一次在慾望門前的叩問，慾望終歸還是要被處死。十七年後巴黎酒吧的鏡子裡倒映著同樣的悲劇：莫里亞克筆下這些得不到愛情的人依然擺脫不了這樣的輪迴。

打碎時間軸線，不採直線型敘述，也是莫里亞克慣用的手法，從現在跳接過去，再從過去返回此刻，某些敘述手法也像極了電影的照明效果或特寫鏡頭。二〇〇八年諾貝爾文學獎得主勒克萊喬（Le Clézio）也用過類似的手法，在《春天故事集》（*Printemps et autres saisons*）中，他讓一位步入中年的男子在一家餐廳裡意外遇見十八年前曾心動，曾經很親密的吉普賽女郎，以倒敘的手法帶出昔日交往的經過，就像普魯斯特的小說，意外的事件催引了過去時光重現。《愛的荒漠》透過一場意外的相遇，帶讀者從現在回到過去，回溯昔日青春時光，重現過去的恩怨，探索這一個布爾喬亞階級的家庭日常中平凡的惡。小說尾聲讀者又回到現在。對這些被愛情摧殘的人物來說，還有甚麼可以倚靠的？醫生說家庭是避風港，家可以使他免於被激烈的愛情熱浪吞噬，讓他不必正視內在最深沉的傷痛。但他的兒子會認同嗎？不知道。至少，小說製造了一種結與解的循環，多年前，由於瑪麗亞，父子深深陷入愛情荒漠中，放縱最黑暗的念頭滋生蔓溢，多年後，也由於和瑪麗亞不期而遇，父子有了一段破冰的對話，像是和解，也像是個人體悟。普魯斯特以來，小說家總是將人暴露在與自己獨處的處境中，沒有任何崇高、超脫的存在，沒有任何重生的可能。莫里亞克的小說依然有上帝的恩典存在，只不過披上了一層紗，人物必須不斷地尋找，才能尋獲最初的純眞。愛情如果是一座荒漠，荒漠的彼端必然有一片水草豐茂的草原。

在台灣，《愛的荒漠》最早有研究西洋文學的翻譯家何欣教授的譯本，雖是轉譯自英譯本，讀起來卻依然能強烈感受到莫里亞克那種孤獨、尋覓愛情卻又深陷自我矛盾的內心世界。然而這個譯本已經是上世紀六〇年代完成的，偶爾有些用字遣詞略顯與時代脫離，再加上由英譯本轉譯，不免有些細節描寫上出現些微落差。資深譯者桂裕芳的這個譯本直接譯自法文，文筆順暢，很能掌握莫里亞克獨有的意象與修辭，對於繁複的典故也能自然釋放出來，頗能傳達莫里亞克小說那種深陷愛情無法自拔的恐怖氛圍。莫里亞克探索愛情可怕的本質有點類似天主教形而上的觀點，愛上一個人是令人痛苦不堪的，沒有甚麼能夠平息這股驅力：愛情是「毒瘤」，愛情是「陷阱」，是「流沙」，是「熾熱的潮水」，是「永恆的飢餓」，它無所不能，「會分娩出另一些活人的世界，另一些瑪麗亞・克羅絲」（第十二章，頁二三三）。譯者充分把握這個冉森教派式（Jansénisme）的論調，將原文轉化爲細膩幽微，富含詩意的譯文，讓莫里亞克依然可以觸動現代和未來的讀者。

非凡的洞察和藝術的激情

——莫里亞克及其小說

桂裕芳

一

弗朗索瓦·莫里亞克（Francois Mauriac）於一八八五年生於法國西南重鎮波爾多。他的父親是大莊園主兼木材商，母親出身商業世家，這是一個生活優裕的大資產家庭。但父母親卻分別繼承了不同的思想傳統，父親不信宗教，甚至是反教會派，他擁護共和制，而且有文人的氣質，愛好文藝，母親思想保守，篤信天主教，並且身體力行，一絲不苟。莫里亞克一歲半時，父親因患腦瘤猝然去世。母親帶著五個兒女去與虔誠信教的外祖母同住。莫里亞克是她最小的孩子，備受寵愛。他體質贏弱，生性好靜，不愛與其他兒童嬉戲，喜歡整日追隨母親左右，諦聽大人們交談，更喜歡閱讀和冥想。他從八、九歲起就開始寫點小東西，十三歲時還寫了一本小小說獻給他姐姐。由於母親和學校神父們的影響，他成爲堅定的天主教徒，但與此同時，他討厭教會的清規戒律、繁文褥節，視之如桎梏。

一八九四—一九〇六年的德雷福斯事件對莫里亞克日後的政治態度產生了很大的影響。事件爆發時，他雖然年幼，但由於家庭及所受的教育，也被捲入波爾多大規模的反猶太示威。他曾親眼目睹狂熱的天主教徒們狂呼要求處死無辜的德雷福斯。當權者煽動宗教狂熱，並將它納入反猶太的種族主義的渠道，這個教訓，莫里亞克在半個世紀以後曾屢次提及。他在名爲《拍字簿》的評論文集中曾說德雷福斯事件是法國歷史上最陰暗的一頁，應該被後人引以爲戒。

一九〇六年，莫里亞克在波爾多文學院歷史學科畢業。外省生活的閉塞與保守使他感到窒息，他嚮往巴黎，藉口投考巴黎典籍學校而離開波爾多。在典籍學校入學不久他便退學而專門從事寫作。一九〇九年十一月，他發表了第一本詩集《雙手合十》，受到作家巴雷斯的推崇與讚賞，他很受鼓舞，接著又發表第二本詩集《告別少年時代》（一九一一）、小說《身戴鐐銬的孩子》（一九一三）、「白袍」（一九一四）。

一九一四年爆發了第一次世界大戰，莫里亞克因患胸膜炎未入伍。一九一五年底，他自願報名參加救護傷兵的工作，出發去前線抬擔架。這期間，他親身體驗到戰爭的殘酷，並在戰爭中失去了幾位親人和摯友，他的健康也受到很大摧殘。當他於一九一七年因病被遣送回家時，他已骨瘦如柴，奄奄一息了。

戰爭結束後，莫里亞克又恢復了寫作生涯，先後發表了《肉與血》（一九二〇）、《優先權》（一九二一）。但他本人比較滿意的作品是一九二二年發表的《和痲瘋病人的親吻》，這本小說暢銷一時，使作者名聲大振，當時左右文壇的刊物《新法蘭西雜誌》立即向他約稿，並刊登了他的《火河》。在這本小說中，莫里亞克已經顯露出他獨特的藝術風格——深刻的心理描寫與詩人的語言。一九二五年發表的《愛的荒漠》獲法蘭西學院小說大獎，接著陸續發表了《苔蕾斯·德絲蓋魯》（一九二七）、《蝮蛇結》（一九三二）、《弗隆德納克奧秘》（一九三三）。一九三三年他任法國文人協會會長，次年又被選為法蘭西學院院士。

在第二次世界大戰前夕風雲變幻的年代，莫里亞克曾有過迷惘和徬徨，但他很快認識了西班牙反動力量的本質，並勇敢地投入戰鬥。他曾經與羅馬教廷的旨意背道而馳，公開譴責佛朗哥，並大聲疾呼要求支持西班牙共和國，在法國被德軍占領期間，他用假名秘密出版了《黑色札記》，抨擊貝當傀儡政府賣國求榮和迫害猶太人的暴政。他積極參加了思想文化戰場上的抵抗運動，作出了很大貢獻。這在當時的法蘭西學院院士中是難能可貴的。難怪在巴黎解放後僅僅一周，戴高樂便派人專程接他從維瑪爾到巴黎去晤談。

二次大戰後，法國出現了新的年輕一代。他們經受過戰爭的折磨與考驗，對傳統的價值觀念持懷疑與否定態度，在思想領域裏出現了風靡一時的存在主義哲學。存在主義哲學大師讓——保羅．沙特指名批評了莫里亞克的小說《黑色的終結》；與此同時，英美小說大量被介紹到法國，促進了法國新小說派的形成，一時間，新小說成為時髦，傳統小說受到某些人的批評，莫里亞克的小說也受到冷遇。

一九四五─一九五二年是莫里亞克比較沉默的時期。

一九五二年，瑞典科學院決定授予莫里亞克諾貝爾文學獎，以表彰他「在小說中深入刻畫了人類生活的戲劇時所展現的精神洞察力和藝術激情」。諾貝爾的桂冠肯定了莫里亞克在小說方面的成績。沉默多年的莫里亞克又重新活躍起來。他拿起鋒利的筆活躍在報刊輿論界。他每周爲《費加羅文學報》撰寫專欄（取名《拍字簿》，後收集成五冊），後來又爲當時思想激進的《快報》寫評論，抨擊法國當局的殖民政策以及資產階級的保守主義。與此同時他寫了兩本回憶錄，並於一九六九年發表了自傳性小說《昔日一少年》，這是八十四歲高齡的莫里亞克的最後一本小說（一九七一年，即他逝世後第二年，出版了他未完成的作品《馬爾塔韋恩》）。

一九七〇年九月一日，莫里亞克與世長辭，結束了他那充滿考驗、搏鬥與榮譽的一生。法國政府爲他舉行了「國哀」，然後將遺體安葬於他度過生命最後時光的維瑪爾故居旁的墓園中。

莫里亞克從一九〇九年開始創作生涯，直到逝世前一個月──一九七〇年八月才放下手中的筆，前後寫作達六十餘年。他的作品從正面或側面反映了他生活的時代，是時代的見證，這裏面可以看到波爾多的風土人情和貪婪保守的莊園主資產階級，可以看到一次大戰後法國青年的苦悶、天主教徒的徬徨、自省與探索；可以看到對社會時弊的抨擊及對生命眞諦的探討……作品共約二十五部小說，四個劇本，以及四十部散文、詩集、評論、回憶錄等。

二

莫里亞克曾在《論小說家及其人物》中寫道：「在我醞釀一本小說時，頭腦中必須對故事發生的地點瞭如指掌，必須對房屋的每個角落，花園深處的僻徑，以及周圍的環境十分熟悉……」，而作者最熟悉的是他故鄉波爾多以及座落在波爾多附近的祖傳房屋及田莊、浩瀚的松林，望不到頭的沙徑，還有在那塊土地上棲息繁衍的人們——特別是莊園主資產階級。有人曾責怪莫里亞克在不同作品中一再重複這些環境和人物，並將莫里亞克貶爲「地區作家」。這種論點當然站不住腳。莫里亞克作品中的人物一再出現，但處於不同的生活境遇，面對不同的矛盾，從而更深地暴露自己內心的世界，這決不是機械的重複。至於莫里亞克的影響，早已超越了波爾多地區，超越了法蘭西國界，而進入了人類文化的寶庫。僅以中篇小說《苔蕾絲．德斯蓋魯》為例，在一九二七－一九六〇年期間，作品的法文版曾再版十八次，暢銷比利時、瑞士、加拿大等國法語地區，並被譯成十多種文字流傳各國。

莫里亞克是資產階級中的一員，又是它的叛逆者。關於這一點，他自己曾經說過：「當然我是資產者，我享受我那個階級的一切特權，我得到社會所賦予寵兒的一切，這是事實。但是另一方面，在某些時候，我的宗教良心促使我採取某些看來似乎矛盾的立場。」這段話適用於他那尖銳的政論文，也適用於他的小說。他從自己的宗教信念出發來描寫自己的階級。在他筆下，外省生活保守、閉塞，資產者愚昧無知，階級偏見及門第觀念使人們生活在空虛與孤寂之中。「人生是孤獨的，人與人之間好像隔萬道深淵。」人們相互之間沒有愛，沒有溫暖，沒有同情與諒解，有的是嫉妒、仇恨、貪婪、佔有欲與報復狂。除了《弗隆德納克奧秘》等少數作品以外，他大部份小說都是對家庭的批判，尤以《苔蕾絲．德斯蓋魯》及《蝮蛇結》為甚。莫里亞克將家庭比作囚人的牢房，孤獨的深淵，漆黑的隧道、荒漠、苦役船……他的批判自然不是爲了從根本上改變社會制度，而是爲了啟發人心來矯正弊端。在他無情揭露貪婪成性的食利者之餘，還出於惻隱之心，憐憫這些芸芸眾生；他們既可悲又可憐，只知在人欲橫流的苦海中沉浮，哪裏想到要拯救自己的靈魂，超度來生？於是，莫里亞克將他們罪惡的心靈淋漓盡致地描寫出來，促使罪人們猛醒，脫離苦海，歸順天主，獲得「神恩」，因此，天性與神恩的矛盾與鬥爭構成了莫里亞克小說中不可忽視的部份。

天主教徒的莫里亞克可以算是一位批判現實主義作家，誠然，他沒有寫出像巴爾札克的《人間喜劇》那樣浩繁的作品，但他基於對現實的直接觀察和體驗，同樣無情地揭露了資產階級的醜惡、虛僞與不公正。在他的小說中，往往沒有重大的歷史事件，沒有社會生活的狂飆巨潮，一切似乎很平靜，一座莊園、一個家庭，三、五個人物，光陰像流水一樣靜靜流去，但在這平靜的流水之下卻隱藏著許多矛盾和衝突，醞釀著多少悲劇。金錢和土地敗壞了人們的靈魂，使家庭這個小天地成爲相互廝殺的角鬥場。名作家安德烈．莫洛亞在《從普魯斯特到卡繆》中曾談到莫里亞克，他寫道：莫里亞克「曾用溫柔抒情的音調歌頌童年的夢想，但爲時不長，如今他在氣勢渾厚的管風琴上彈奏輓歌，即血緣及土地及他依附於上的那個社會集團的輓歌。那個社會集團身戴桎梏，而其中最沉重的是金錢的桎梏。」

「苔蕾絲．德斯蓋魯」被認爲是二十世紀上半葉法國最佳小說之一。主人公苔蕾絲不甘心自己的命運，也就是婦女的命運——生兒育女，傳宗接代，她厭惡那種精神空虛，一心貪圖口腹之樂、床第之歡的庸碌之輩。如果說她和丈夫有什麼共同點的話，那就是財產欲，因爲他們都貪愛松林和地產，除此以外，他們之間沒有共同語言，甚至缺乏共同詞彙：「他們對基本字眼賦予不同的含意」。在這種處境中，她得不到愛和溫暖，「被判終身孤獨」；虛僞閉塞的空氣使她窒息，她必須走出這個黑洞洞的隧道，不顧一切……於是在她和家庭之間展開了殊死的鬥爭。這好比是狩獵，不是當獵手就是當獵獲物。苔蕾絲畢竟是弱者，只好淪爲犧牲品，作者對苔蕾絲是充滿同情的，因爲在她身上體現了一種不妥協的精神，體現了對資產階級的婚姻與家庭的反抗，這間接反映了第一次世界大戰後法國青年中出現的懷疑資產階級價值觀念的思潮，無怪乎這本書剛剛問世，就遭到資產階級中最保守的宗教界的非難。怎麼？天主教徒莫里亞克竟著意渲染毒害丈夫的「怪物」？而且還寄予同情，這豈不是褻瀆聖物，大逆不道？但這本小說卻受到了讀者的讚揚，他們並且提出問題：苔蕾絲為什麼要毒死丈夫呢？她到底要求什麼呢？當她來到巴黎以後，她的前途又將如何呢？為了回答讀者們的關心，莫里亞克後來又寫了三個續篇：《苔蕾絲看病》、《苔蕾絲在旅館》和《黑夜的終止》。但這幾個續篇都比《苔蕾絲·德斯蓋魯》遜色。

《愛的荒漠》是奠定作者在法國文學上的地位的作品，用作者的話來說，它描寫了「那些因血緣及婚姻機遇而構成家庭的人們的孤獨與隔絕」。庫雷熱大夫雖然功成名就，但內心感到空虛，他與妻子兒女沒有共同語言，咫尺天涯，他愛瑪麗亞·克羅絲，但不被她理解和接受，於是只好將痛苦埋在心中，好比自己成了「被活埋者」。至於瑪麗亞，她生活在罪惡之中，但她又以罪惡為恥，不甘心墮落，她嚮往純潔，幻想貞潔而真誠的愛，她在純潔與罪惡之間、善與惡之間、幻想與現實之間躑躅徘徊，她是何等地孤獨！「沒有丈夫，沒有孩子，沒有朋友，在世界上肯定沒有人比我更孤獨。」人的孤獨，法國現代文學中常見的主題在這裏得到了表達。當然，《愛的荒漠》在最後還是留下了一個光明的尾巴：家庭畢竟是歸宿。

一九六九年問世的《昔日一少年》曾獲得批評界的一致好評。這本小說與在此之前寫的一部小說《羔羊》相隔十五年之久，但莫里亞克作爲小說家的才華絲毫未減。這裏仍然是作者的傳統主題：外省生活、家庭、童年、情慾，善與惡，天性與神恩……我們看到主人公阿藍・加雅克是如何變化成長的，他如何經歷生活中的悲傷痛苦、幸福歡樂，以及懷疑反叛，來思考人生的意義，選擇自己的道路。在他周圍有對土地頂禮膜拜的母親，有一心往上爬的西蒙，也有喜歡控制人的瑪麗，但這些人都有複雜豐富的性格和內心生活、母親既愛土地，又愛兒子和雅內特；西蒙既嚮往世俗的榮譽，又留戀神職生活；瑪麗既想出人頭地，又能爲愛情作自我犧牲，而在這些人物生活的背景上，可以看到二十世紀初期法國的政教之爭，以及教會內部的思想危機及分歧。這本小說富有哲理性，主人公對過去與未來、生與死、善與惡、青春與衰老，都有許多遐想、思考與感觸。而整部小說沉浸在一種朦朧氣氛之中，更烘托出世界的複雜性，給人一種撲朔迷離的感覺：這一切是眞是假？是事實還是臆想？有幾分是事實有幾分是臆想？

三

莫里亞克的小說具有濃厚的悲劇色彩，使人想到法國十七世紀古典主義悲劇大師拉辛。莫里亞克本人十分推崇拉辛。他們都善於描寫微妙的心理及熾熱的激情，這種激情「像一個隱秘的火種在灌木叢中緩緩蔓延，點著了一棵又一棵松樹，一片又一片松樹，終於形成了森林大火」，於是釀成了悲劇。莫里亞克在「苔蕾絲・德斯蓋魯」前言中引用了法國詩人波德萊爾的詩句：「天主呀，發發慈悲，可憐這些瘋男狂女吧！」苔蕾絲、庫雷熱大夫……都是些狂人，他們被情慾纏身，失去了理性，彷彿是黑夜中的盲人，在本能和情慾的推動下，一步步的滑向未知的命運。作者一再寫到「他（她）沒有想到」，「他（她）哪裏知道」，「他（她）永遠也不知道」，「他（她）萬萬想不到」等等，以烘托人物的茫茫無知和軟弱無力，在這裏可以聞到一股宿命論的味道吧！

莫里亞克的小說結構嚴謹。他不愛用按時間順序的直線敘述，而喜歡用倒敘的手法，形成現在—過去，過去—現在的跳躍，這種手法是與作家的創作目的相適應的。對莫里亞克來說，情節，尤其是決定性情節，只是一個引子，一個導火線，它的使命在於觸發人物的內心活動，從而揭示靈魂深處的奧秘。例如在《苔蕾絲·德斯蓋魯》中，苔蕾絲往丈夫的飲料裏放毒藥的這個決定性行動在小說開始以前便完成了，幕布一拉開，法院便宣布「撤銷訴訟」，因而作者幾乎用全部篇幅來描寫苔蕾絲的心理活動，描寫她在孤寂中的獨白。當然，《昔日一少年》與《苔蕾絲·德斯蓋魯》及《愛的荒漠》在結構上有所不同，因爲它是以日記的形式寫成的。

莫里亞克對景物和氣氛的描寫是十分精湛的。他賦予自然景物以人性，使之與人物同呼吸、共哀樂。春夏秋冬、白晝黑夜，無不帶上人性的色彩。風暴、烈日、淫雨，都與人物激烈的內心活動，洶湧翻滾的激情，或者孤獨哀怨相互烘托呼應。例如身陷囹圄的苔蕾絲瞧著窗外：「彷彿數不清的樹還不夠似的，雨又下個不停，在陰暗的屋子四周又豎起了幾百萬條活動的柵欄」。當苔蕾絲深夜輾轉不眠時：「樹林發出哀嘯，彷彿人們在爲自己哭泣，在催自己入睡……」寓情於景，以景托情，情與景達到高度統一，使小說的悲劇性更具有感染力。

莫里亞克的語言在法國被公認爲典範，它精練、含蓄、生動，又因句子的節奏、音韻、主題的反覆出現而顯得抒情，彷彿是散文詩。他的詩人氣質更表現在大量使用的比喻和隱喻中。例如在乾旱時，「丁香樹的枝條像手掌一樣伸著等待雨水」；瑪麗亞渴望愛情，在失望以後，她「填平了她荒漠中的最後一眼井，剩下的只有沙子了」；庫雷熱大夫在家庭中感到窒息，彷彿是「一個被活埋的人」；五個衣著一樣的小姑娘並排坐著，「彷彿是棲在一根棒上被馴服的小鳥」，人們被此隔絕，「像銀河系的各個星體一樣」，這樣的例子比比皆是。

莫里亞克的隱喻和比喻中有一些是十分強烈而嚴酷的，他往往將人比作動物，表明大自然生存競爭中弱肉強食的法則同樣適用於人類社會，例如他曾在多處用過「蜘蛛吞食蒼蠅」這一比喻，生動地表現了陷於囹圄而無法脫身的情景。在《苔蕾絲·德斯蓋魯》中，莫里亞克將女主人公比做被槍打下的野鴿：「被捕獲的野鴿在掙扎，使扔在桌上的口袋一鼓一鼓地」；她又好似一條狗：「貝爾納先生對訓練不聽話的狗可是內行……他沒用多少時間就把她馴服了」；她又好比是駕轅的馬；她「只是在駕轅時才鬧」。這些比喻既切合波爾多附近朗德荒原的風土人情，又生動地勾畫出一幅幅殘酷無情的社會畫面。

目錄

1

多年來，雷蒙・庫雷熱一直希望在人生的道路上再次遇見瑪麗亞・克羅絲，渴望對她進行報復。他曾多次在街上尾隨一個女人，以爲他尋找的正是她，後來時間醫治了他的積怨，因此，當命運使他再次撞見她時，他一開始並未感到這次相遇理應在他心中喚起那種夾雜著狂怒的歡樂。這天晚上，他跨進迪福街酒吧間時，剛剛十點鐘，爵士樂隊的那位黑白混血兒正在低聲哼唱，只有侍者總管一個人在凝神靜聽。這個酒吧間不寬敞，每到午夜時分，一對對的男女在這裏摩肩擦背地起舞，而此刻，通風機像隻大蒼蠅在嗡嗡響。看門人驚訝地說：「先生，您很少來這麼早……」雷蒙只是作了一個手勢，讓他關掉這個嗡嗡聲。看門人帶著幾分機密地勸他說：「這是個新辦法，不用吹風機就能排除煙霧。」但他這是白說，庫雷熱用一種特殊的眼光打量他，他只好朝衣帽間退去，天花板上的通風機沉默了，彷彿一只熊蜂停落下來。

年輕人弄皺了那潔淨無瑕的桌布線條，他看到玻璃鏡中自己那副無精打采的模樣，自己問自己：「你有什麼不順心的事呢？」是呀，他最討厭令人掃興的晚上，而這個晚上讓人太掃興了，這都怪埃迪・H這個傻瓜……他對這個小伙子幾乎不得不用暴力，把他從家裏拖到飯館。飯桌上，埃迪說他偏頭疼，所以心不在焉，他勉強坐在椅子邊沿上，身體迫不及待，沈浸在即將到來的樂趣；一喝過咖啡，他就溜之大吉了，他步履輕快，眼神炯炯，耳朵紅紅的，鼻孔翕動著。原先雷蒙整天都在幻想這個迷人的夜晚，不過埃迪大概已經嘗到別的歡樂，它們比傾心交談更爲清新提神。

庫雷熱覺得奇怪的是，他不僅感到失望和羞辱，而且十分憂愁。就這麼一個同伴居然在他眼中變得如此珍貴！他很反感。這在他生活中似乎是件新鮮事。在三十歲以前，他不曾具有友誼所要求的那種無私的感情，再說，他忙於應付女人，對於他認爲的非佔有物，他一概嗤之以鼻，他會像一個貪吃的孩子那樣說：「我只喜歡能吞下去的東西。」那時，他只把自己的同伴看作見證人或心腹，在他眼中，朋友首先意味著兩隻耳朵。他也喜歡向自己證明他能控制他們，操縱他們，他熱衷於施加影響，樂於有條不紊地使人們失望氣餒。

如果雷蒙·庫雷熱能夠使自己的慾望服從於一項事業，如果他沒有因爲興趣而背離正道，追求一種眼前的滿足，那麼，他完全可以像他當外科醫生的祖父，當他耶穌會會友的叔祖，和當大夫的父親一樣，擁有一批支持者。然而，他已經到了這種年齡，這時只有引起靈魂共鳴的人才能確立自己的統治，而庫雷熱所能給予弟子們的僅僅是最大的樂趣。最年輕的人希望在他們的同代人中間去尋找同夥，因此庫雷熱的支持者便越來越少。在愛情方面，獵物在長時期裏多如牛毛，而那些與我們一道開始生活的一小群人卻逐年減少。戰爭砍伐了一大批人，倖存者或是陷於婚姻的泥潭，或是被職業弄得面目全非；庫雷熱看到他們頭髮花白，大腹便便，或者禿頭的模樣，便怨恨他們與他同歲。他指責他們扼殺了他們的青春，指責他們不等青春遺棄他們便背叛了它。

而他，他傲然地以戰後青年自居，今天晚上，在只有曼陀鈴在輕聲彈奏（旋律的火花消逝後又重生，搖曳不定）的空空的酒吧間裏，他熱切地看著鏡中所反映的這張長著濃髮的面孔——這張還沒有被三十五歲的年齡損壞的面孔。他想，衰老在損壞他的身體以前，會先奪去他的生命。他聽見女人們彼此問道：「這個高個子青年是誰？」便感到自豪，但是他知道二十歲的小伙子們更有眼力，他已經被排斥在他們那轉瞬即逝的青年一代之外了。這個埃迪，也許他有更有趣的事要做，這比在薩克風的喧鬧聲中談論自己，一直談到天亮會更有意思，不過，此刻他也許正在另一間酒吧間裏談論自己，他在向一九〇四年出生的一個小伙子剖析自己的感情，而後者不停地打斷他說：「我也是。」「和我一樣。」……。

突然進來了幾個年輕人，他們早準備大搖大擺地穿過酒吧大廳，可是一看到大廳如此冷清，不免發窘。他們簇擁在櫃台侍者的周圍。庫雷熱從來不願意因爲他人而痛苦，不管是情婦還是同伴。所以，他按照老辦法，努力證明埃迪．H如何微不足道，自己被拋棄後的惶恐不安實在是大可不必。他試著拔掉心中這根感情的幼苗，而且高興地發現沒有遇到草根的任何阻力。他甚至大膽地想明天就把這小伙子趕出去，並且下決心從此不再見他。他更是輕快地想道：「我要把他掃掉……」他自在地舒了一口氣，可是發覺自己仍然感到彆扭，可見源頭並不在埃迪。啊，對了，這是那封信，是他在晚禮服的衣袋裏摸著的那封信……用不著再看一遍了，庫雷熱大夫對兒子總是用一種簡練的語言，一眼就能記住：

我住在大飯店，參加醫學大會。早九時以前，晚十一時以後，可來看我。

雷蒙喃喃說：「絕不……」不知不覺他露出一種挑戰的神氣。他怨恨這個父親，因爲他瞧不起家裏所有的人，唯獨這個父親難以鄙視。雷蒙二十歲時曾經要求得到像姐姐的嫁妝那樣一份財產，但未能如願；在遭到父母拒絕以後，他便與他們斷絕了關係。不過，財產是歸在庫雷熱太太名下的，雷蒙知道，如果父親有權處理的話，他一定會慷慨大方，因爲他不在乎金錢。雷蒙又說一遍：「絕不……」但在這封乾巴巴的信中，他確實感覺到一種呼喚。他不像庫雷熱太太那樣盲目，她對丈夫的冷淡和生硬很氣惱，常常說：「他心眼好，這對我有什麼相干呢，既然我毫無體會？想想吧，他要是心眼壞，那會成什麼樣子？」

這位難以仇視的父親發出了呼喚，雷蒙感到彆扭。不，當然不，他不會回答的，不過……後來，雷蒙回憶這天晚上的情景時，還記得他跨進這家空空的小酒吧時滿腹辛酸，可是，爲什麼辛酸，他已經忘記了，其實就是因爲一個名叫埃迪的同伴拋棄了他，因爲他父親來到了巴黎，他認爲這種辛酸來自一種預感，認爲他這天晚上的心情和他生活中即將發生的事件相互有關係。從那天以後，他總是說，單單一個埃迪，單單一個庫雷熱大夫，是不可能使他如此坐立不安的；他說自己剛剛對著一杯雞尾酒坐下來，便本能地，精神上和肉體上感覺到那個女人正向他靠近。在那一剎那，她乘坐的汽車已經拐進了迪福街，她在小提包裏到處摸，對男伴說：

「眞討厭，我忘了帶口紅。」

他回答說：

「盥洗室裏可能有。」

「多噁心！這會傳染上……」

「格拉迪絲會把她的口紅借你用的。」

這個女人進來了，一頂鐘形帽遮住了她的上半部臉，只露出一個下巴，而下巴正是刻著女人年齡的地方。在這個臉的下半部，這裏或那裏都有第四十個年頭的痕跡，皮膚繃得緊緊，頸下開始出現了垂皮。在皮裘下面，她的身體大概也萎縮了。她彷彿從鬥牛場的牛欄裏出來，被燈火輝煌的酒吧間弄得頭暈目眩，停在門口。她的男伴和司機爭執了幾句，所以來晚了一步，當他來到她身旁時，庫雷熱沒有認出是誰，但心裏想：「我在哪裏見過這張面孔……這是波爾多的面孔。」突然，一個名字來到他的唇邊，他瞧著這張彷彿由於自命不凡而膨脹的、五十多歲的面孔：維克多．拉魯塞爾……雷蒙的心怦然直跳，他又觀察那個女人；她發覺只有自己一人戴著帽子，便突然摘下來，在鏡子面前抖動她那剛剪過的頭髮。她的眼睛露了出來，既大又安詳，然後是寬寬的前額，深色頭髮在額邊沿形成七個尖點，線條極其分明，和年輕人一樣。這個女人所保留的殘存的青春全部集中在她臉的上半部。雷蒙認出了她，儘管她的頭髮剪短了，身體變得粗壯，儘管她正經受著從脖子開始逐步向嘴部和面頰蔓延的緩慢的毀壞過程。他認出了她，彷彿他認出童年時的路，盡管路旁濃蔭的橡樹已被砍掉。庫雷熱估計了一下年代，立刻自言自語：「她現在有四十四歲了；那時我十八歲，她二十七歲。」像所有那些將幸福與青春混爲一談的人那樣，他對於逝去的光陰有一種隱約的，但卻時時警覺的意識；他的眼睛不斷地估量已逝的時光的深淵，迅速地使在他的生命中起過作用的人各就各位，而且，他看到了面孔便憶起了年代。

「她會認出我來嗎？」可是，如果她沒有認出他來，她會那麼突然地避過身去嗎？她走近她的同伴，大概在央求他別待在這裏，而他用一種想博得別人讚賞的聲調高聲回答說：「啊不，這裏不沉悶，再過一刻鐘就會像雞蛋一樣擠得滿滿的。」他推開一張桌子，在離雷蒙支著臂肘的桌子不遠，沉重地坐了下來，血液湧上了他的臉，臉上除了血管硬化的徵象外，還掛著一副坦然得意的表情。他見那個女人站著不動，便喊道：「喂，你還等什麼？」突然，在他的眼神中，在他那幾乎發紫的厚嘴唇上，自滿的表情消失了。他又說了一句，自以爲聲音很低：「當然啦，你見我喜歡待在這裏，你就鬧彆扭……」她大概說：「注意一點，有人聽我們說話。」他幾乎嚷嚷起來：「我是懂得規矩的！就算是有人聽，又怎麼啦？」

女人在離雷蒙不遠的地方坐下，她放了心，因爲年輕人必須俯過身來才能看見她，而她卻能輕而易舉地避開他的目光。庫雷熱猜到她這個安全措施，他突然感到無比恐懼，因爲他意識到十七年來所盼望的這次良機可能白白丟掉。十七年過去了，他認爲自己的願望依然如故，他要侮辱這個曾經侮辱過他的女人，讓她瞧瞧他是怎樣一個男人；他可不是一個可以讓女人踩在頭上的人。多年以來，他常愛想像他們會在什麼情況下相見，他將採取什麼辦法來對付這個女人，使她哭泣，因爲他在她面前曾經是可憐巴巴的……當然，如果今晚他看到的不是這位女人，而是在他十八歲的中學生生活中任何一個配角：比如當時和他要好的那位同學，或是他所厭惡的那位學監，那麼，一見到他們，他大概不會發現他童年的友情或厭惡的任何痕跡。而在這個女人面前，他不是又回到一九××年六月的那個星期四嗎？那是黃昏時分，在塵土飛揚又散發著百合花香味的郊區公路上，他佇立在一個花園鐵柵門前，門鈴永遠也不會再爲他響了。瑪麗亞．克羅絲！是她使得當時仍然暴躁而羞澀的少年變成了一個新人——終生不變的新人。而她，瑪麗亞．克羅絲卻沒有多大變化！那雙探詢的眼睛，那個明亮的額頭，依然如故。庫雷熱在想，如果他今晚遇見的是一九××年他喜歡的那位同學，他一定成了一個長著鬍子的、禿頂的、遲鈍的男人；而有些女人，一直到壯年，臉上始終帶著稚氣，也許正是這種永恆的稚氣引起了我們的愛情，並且使它擺脫時間的束縛。在經過十七年中他所陌生的情慾以後，她現在待在那裏，絲毫未變，就像是座黑色的聖母像，無論是宗教改革運動，還是恐怖時代①的火焰，都未能改變她的笑容。她仍然是原先那位要人的情婦，由於等待中的人遲遲不來，他顯得不耐煩和不高興，大聲說：

「這回準是格拉絲讓他耽擱了……我這人總是準時，我最討厭不準時的人。很奇怪，讓別人等我，這是我受不了的，沒辦法。現在的人不懂禮貌……」

瑪麗亞·克羅絲碰碰他的肩，大概在說：「有人在聽我們……」於是他咆哮起來，他沒有說什麼見不得人的話呀，她居然想教訓他舉止得當，這簡直不可思議。

她在那裏，這就足以使得庫雷熱束手就擒，成爲已逝時光的俘虜。如果說他對於流逝的光陰保持著清醒的概念的話，他卻討厭去喚醒明確的形象，而且最畏懼騷動的幽靈，但在今天晚上，他招架不住，因爲瑪麗亞的出現在他身上打開了激流的閘門。他聽見敲六點鐘，自修室的課桌乒乓響；剛下過的雨未能壓住塵土，電車裏燈光幽暗，他沒法讀完《阿佛洛狄忒》[2]——車裏全是工人，一天的勞累使他們露出溫和的表情。

---

① 指法國一七八九年大革命後，一七九三年五月到一七九四年七月這段時期。

② 希臘神話中的愛情女神，此處指法國作家彼埃爾·路易（一八七〇—一九二五）的猥褻小說。

2

他這個髒孩子從教室裏被趕了出來，在走道裏蹓躂，或是靠在牆上；從這所中學回到他座落在郊區的家，這中間有一段使他得到解脫的漫長時間，有一段漫長的歸程；在電車上，他獨自待在那些視而不見的、冷漠的人們中間，在冬天更是如此，因爲難得碰上劃破黑暗的路燈或是酒吧間的玻璃窗，黑暗使他與世隔絕，使他孤獨地沉浸在勞動服的濕絨絨的氣味裏；一些下垂的嘴唇上仍然叼著熄滅了的香煙，滿是煤黑皺紋的臉困倦得往後仰，報紙從沉滯的手裏滑下來，那位頭髮蓬亂的女人將連載小說高高湊近燈光，嘴一個勁地努動，彷彿在祈禱。最後，過了塔朗斯教堂不遠，他該下車了。

電車好像是活動的彩色焰火，一會兒照亮了紫杉樹，一會兒又照亮了一所房屋前光禿禿的樹籬笆，然後，孩子聽著車輪和受流器的嘈雜聲越來越弱，在散發著腐木和樹葉氣味的、滿是水坑的大路上遠去。於是，他走上順著庫雷熱家花園的小路，推開廚房下屋那邊熱半掩的柵欄門；飯廳的燈光照著緊挨著房屋的花壇，在春天，人們在花壇上種點喜歡陰涼的吊鐘海棠。雷蒙像在學校一樣綳著臉，皺著眉，兩條眉毛在眼睛上方形成一道濃濃的線，他的右嘴角稍稍下撇；他走進客廳，爲了節省，他們正擠在一盞燈旁，他向大家說晚安。母親問道，她得說多少遍才能使他在門口的鞋擦墊上擦擦鞋底呢，他難道打算用這雙髒手來吃飯嗎？庫雷熱老太太低聲對媳婦說，「你知道保爾是怎麼說的，不要毫無意義地刺激孩子。」因此，他的出現立刻引起了舌槍唇劍。

他在暗處坐下來。他進來時，姐姐瑪德蘭．巴斯克正低頭繡花，連頭也不抬。在她眼裏，他還不如一隻狗，他想道。雷蒙是「家裏的禍害」，她常常喜歡說：「他將來準是個壞蛋。」而她丈夫加斯通．巴斯克又加上一句：「特別是因爲父親這麼軟弱。」

繡花的女人抬起頭，聆聽了一會兒，說：「這是加斯通……」說著便放下手中的工作。「我什麼也沒聽見。」庫雷熱太太說。「是的，是的，這是他。」儘管除了瑪德蘭以外，沒有一隻耳朵聽見任何聲響，但她仍然站起身來，跑到台階上，消失在花園裏，一種萬無一失的感覺支配著她，彷彿她屬於與其他動物截然不同的另一類型，在她這種類型裏，發出香味吸引同伴從暗處奔來的不是雌性，而是雄性。

庫雷熱一家人很快就聽見了一個男人的嗓音，還有瑪德蘭那討好而順從的笑聲，他們知道這對夫婦不會經過客廳，而是從一個側門上樓去臥室，而且直到吃飯的鈴聲響過第二下這才下樓。

在吊燈下，圍坐在飯桌旁的有庫雷熱老太太，她的媳婦露西·庫雷熱，那對年輕夫婦和像加斯通·巴斯克一樣的頭髮，稍微呈紅棕色的四個小姑娘；一樣的衣服，一樣的頭髮，一樣的雀斑，她們一個挨著一個，彷彿是棲在一根棒上的被馴服的小鳥。「誰也別和她們說話。」巴斯克中尉宣布說，「誰和她們說話，就該她們挨罰。我這是有話在先。」

即使醫生在家，他的座位也長時間地空著；飯吃到一半，他夾著一大包雜誌走了進來。他妻子問他聽見了鈴聲沒有，並且聲稱，像這樣稀稀拉拉地吃飯，僕人是待不長的。醫生搖搖頭，彷彿在驅趕蒼蠅。他翻開一本雜誌，這不是裝模作樣，而是珍惜時間，他很忙，要操心各種各樣的事，他知道每一分鐘的價值。在飯桌的另一頭，巴斯克一家人與旁人隔絕，凡是與他們自己和孩子無關的事，他們概不過問；加斯通講述他想了些什麼辦法好留在波爾多，上校已經給部裏去了信……他妻子聽著，眼睛卻盯著孩子們，並且不停地教育她們：「別擦盤子。——你不會用刀子？——別這樣靠在椅子上。——手放到桌上來。——手，不是胳膊肘……——你不能再吃麵包了，我警告你。——你喝得夠多了……」

巴斯克夫婦形成一個充滿猜疑和秘密的孤島。「他們什麼都不告訴我。」庫雷熱太太對女兒的全部埋怨都包含在「他們什麼都不告訴我」這句話裏。她懷疑瑪德蘭又懷了孕，注意她的體形，猜測她爲什麼身體不舒服。佣人們什麼事都比她早知道。她猜想加斯通作了人壽保險，可是多少錢呢？她也不知道老加斯通去世時給他們到底留下多少錢。

飯後，在客廳裏，母親又在說雷蒙：「你沒有功課要複習？不用準備作文？」他不回答，抱起一個小姑娘，他那雙有力的大手似乎在把她捏來捏去；他把孩子直直地舉過頭，讓她碰著天花板，讓這個柔軟的身體轉圈。瑪德蘭．巴斯克雖然像隻激怒不安的母雞，但也被小姑娘那股高興勁感動了，她喊道：「當心！你會把她弄成殘廢的……他那麼粗魯……」庫雷熱奶奶於是放下毛線，提了一下圓框眼鏡，臉上露出笑容的皺紋，她最愛聽讚揚雷蒙的話，「啊，他愛孩子，這可不假。只有孩子使他高興。」老太太肯定說雷蒙要不是心眼好就不會喜歡孩子：「看他對侄女們的態度，你就知道，他絕不是一個壞蛋。」

他愛孩子嗎？只要是新鮮的、溫暖的、活潑的東西，他都拿來給自己，以抵禦被他稱作行屍走肉的那些人。雷蒙將纖小的身體拋到長沙發上，走到門外，在遍地落葉的小徑上大步跑了起來，光禿禿的樹枝之間露出的淺色的天空指引著他。在二樓的玻璃窗後面，庫雷熱醫生的燈還亮著。今天晚上，雷蒙在睡覺以前，將仍然不去親吻父親嗎？啊！早上那充滿敵意的沉默的三刻鐘已經足夠了，因爲，一大清早，醫生的馬車就把這父子倆送進城。雷蒙在聖熱內斯柵欄那裏下車，經過大馬路去學校，而醫生繼續往前去到醫院。在這個發出舊皮革臭味的大匣子裏，在兩側雨水淋淋的窗子之間，他們肩靠肩地要待上三刻鐘。這位臨床醫生過一會兒將滔滔不絕地，很有權威地對助手和學生們講課，但幾個月以來，他卻一直在尋找語言來打動自己的孩子，而未能成功。如何開闢一條道路來接近這個戒備森嚴的心靈呢？有時他高興地找到了竅門，對雷蒙說出經他深思熟慮的話，然而，話一出口便面目全非，就連聲音也背叛了他——它違背他的意願而顯得嘲諷和生硬。沒有能力表達感情，這始終是他難以忍受的事。

庫雷熱醫生的善良之所以出名，僅僅是因爲他在行動中體現了出來；只有這些行動證明了他內心深處的善良——那被活埋的善良。他聽見別人的感謝話時，一定得咕噥幾句，要不就聳聳肩。在這個細雨霏霏的黎明，他和兒子一同在車裏顛簸，他曾有多少次注視這張逃避的面孔！而且不由自主地對這個邪惡的精靈的面孔表情進行揣測——那雙眼圈太黑的眼睛露出一種虛假的溫柔。「可憐的孩子以爲我是他的敵人，」父親想道，「這怪我，不能怪他。」他沒想到少年人是有預感的，他們能感到誰在愛他們。雷蒙聽見這聲呼喚，他並沒有將父親與別人等同起來，但是他裝聾作啞，再說，他也不知道對手足無措的父親該說什麼好，顯然他使得面前的這個人手足無措，而這一點使他自己也變得冷冰冰的。

可是，有時醫生不免對他進行指責，當然總是盡可能地溫和，而且盡量把他當作同伴：

「校長爲你的事又給我寫信了。可憐的法爾熱神父，你簡直要把他氣瘋了！似乎一切都證明在自修時傳遞那本產科書的是你……你大概是從我的書房裏抄走的；我承認，法爾熱神父的氣憤似乎稍稍過分；你年齡到了，應該了解生命是怎麼一回事，而且，話說回來，看些正經的著作不是壞事，我給校長的信裏是這樣寫的……不過，在自修室的紙箱裏還找到了一期《猥褻》雜誌，當然就懷疑到你，他們指責你犯有以色列①的一切罪行……你得留神，孩子，他們最後會把你趕出來，離考試只有六個月了……」

「不會的。」

「爲什麼不會？」

「因爲我已經留了級，這次大概不會再被刷下來了。我了解這些人。你想他們會甘心放棄任何一名能通過會考的學生嗎？你知道，要是他們把我趕出來，耶穌會馬上就會把我拉了去。他們寧可讓我把別的人帶壞，這是他們的話，而絕不願意在統計中喪失一名業士。你知道，頒獎的那一天，法爾熱多麼得意洋洋：三十人報名，有二十三人通過，二人參加複試！……這些壞蛋！」

「別這麼說，孩子……」

醫生強調「孩子」二字。也許，此刻正是鑽進緊閉的心靈的機會。長期以來，兒子沒有任何信任的表示。而在這番玩世不恭的話裏，卻閃現出一絲信任。用什麼字眼才能避免打擊孩子，又能使他相信：不打小算盤，不玩手腕的人是存在的，而最精明的往往是爲一項高尚事業而不擇手段的人，他們傷害我們正是爲了我們好……醫生搜索最恰當的詞句，此時，郊區的大路已經變成街道，在這個明亮而陰鬱的早晨，送奶的推車擁擠在街上。再過幾分鐘就到了入市稅徵收處，到了聖熱內斯十字架處，聖雅克－德－孔波斯泰爾②的朝聖者們路過這裏的時候總要瞻仰這個十字架，而現在只有公共汽車的驗票員背靠在上面。他找不到話說，便拉起那隻溫暖的手，低聲地一再說：「孩子……」他看到雷蒙的頭靠著玻璃窗睡著了，或者說假裝睡著了。少年閉上了眼睛，不然，它們會情不自禁地流露出軟弱和屈服的願望。他的臉毫無表情，顯得瘦削，彷彿是用火石雕成的，那裏再也不剩下任何感性的東西，只有眼皮的雙重傷痕……孩子不知不覺抽回了手。

這個女人進入他的生活，那是在馬車裏的這一幕以前還是以後的事呢？她現在就在那裏，坐在長椅上，和他只隔一張桌子，他不用提高嗓門就能讓她聽見自己的聲音。她現在似乎平靜下來，喝著飲料，不再害怕被雷蒙認出來，有時她轉過臉來瞧他，但很快又避過臉去。他聽出她的聲音，這聲音突然蓋過了嘈雜聲：「格拉迪絲這不就來了。」一對男女剛跨進酒吧，在她和男伴之間坐下，於是幾個人同時說了起來：「我們存衣帽就費了好長時間……總是我們先到……算了，既然你們來了，那就好了。」

不，那多半是在雷蒙和父親在馬車裏這一幕以前一年多的事吧。有天晚上，吃飯的時候（大概是春末吧，飯廳的燈還沒有點亮），庫雷熱太太對媳婦說：「露西，你在教堂裏看見的白幛，我知道是爲誰掛的了。」

雷蒙以爲這又是一場喋喋不休的議論；那些毫無意義的，沒完沒了的話語傳到醫生耳邊時往往會悄然消逝。她們常爲家務事爭執不休，每個人都爲自己的佣人辯護；這是可憐的《伊里亞特》③廚房的口角使坐在飯廳這個「奧林匹斯」山④上的保護女神們彼此廝殺。有時，兩家人爲了一個打短工的女工而爭吵。「我和特拉瓦伊奧特訂好了，下星期她替我做事」庫雷熱太太對瑪德蘭·巴斯克說。少婦不以爲然，說她那裏有一大堆孩子衣服要縫補。

「怎麼都是你佔用特拉瓦伊奧特？」

「那你可以讓禿鼻瑪麗亞來呀。」

「她做事慢吞吞，還得讓我付電車費。」

可是，那天晚上，關於教堂裏白幛的議論引起了一番更爲嚴肅的爭執。庫雷熱老太太接著說：

「那是爲了哀悼瑪麗亞・克羅絲的兒子，他得腦膜炎死了。她要求用上等幛單。」

「多不知趣！」

聽見妻子這句感嘆，一面喝湯一面看雜誌的醫生抬起了頭。妻子像往常一樣低下眼睛，但是用氣憤的語調說，遺憾的是，神父沒有能夠使這個女人恢復廉恥心，全城的人都知道她是別人的情婦，而她還炫耀那種無恥的奢侈：馬呀，車呀，等等等等。醫生伸出手說：

「不要評論。她又沒有得罪我們。」

「那件醜聞呢？就不算數了？」

看到醫生的某種表情，她明白他在暗自驚訝她是多麼粗俗，於是她竭力壓低聲音，然而幾秒鐘以後她也嚷嚷說，這種女人叫她煩心……維克多・拉魯塞爾的丈母娘，她的老友布法爾太太曾在那所房子裏住了很久，而現在房子裏卻住著那個壞女人……她每回從那門口過，總感到心碎……。

醫生用一種安詳的、幾乎是低沉的聲音打斷了她，說此刻在那所房子裏只有一位守著死孩子的母親。於是庫雷熱太太食指朝上，鄭重地說：

「天主的懲罰！」

孩子們聽見醫生猛然推開椅子。他把雜誌塞進衣袋，一言不發地走了出去，他竭力放慢步伐，但是全家人聽著他三步併作兩步地跑上樓去。

「我說了什麼特別的話？」

庫雷熱太太用眼光詢問她婆婆，年輕女婦，孩子們和佣人。一片寂靜中只聽見刀叉的碰撞聲和瑪德蘭的聲音，「別啃麵包……別啃這塊骨頭了……」庫雷熱太太正眼瞧了一下婆婆，又說：

「這是毛病。」

可是老太太埋頭吃飯，似乎沒有聽見。於是雷蒙笑了起來。「你出去笑，笑夠了再回來。」

雷蒙扔下餐巾。花園裏多麼寧靜！是的，那大概是春末，因爲他記得有長角甲蟲在嗡嗡飛，而且飯後的點心是草莓。他在草地中央，在誰也沒有見過噴水的水池的熱石頭上坐下來。在二樓，他父親的身影在窗與窗之間徘徊。在這個灰濛濛的沉悶的黃昏，在波爾多近郊的鄉下，鐘聲在長久的間隔之後又斷續響著，因爲有一個孩子死了，而他的母親眼前正坐在這裏喝酒，她離雷蒙很近，他一伸手就幾乎能夠碰到她。瑪麗亞．克羅絲喝了香檳酒，所以更無拘束地瞧著年輕人，她似乎再不害怕被認出來。說她不見老，這還不夠；儘管她是短髮，儘管她的打扮處處是今冬的新款式，但她的整個身體仍然保留著一九××年的模樣。她年輕，她的青春在十五年前就煥發並且固定下來——現在再沒有人像她那樣年輕了。她的眼皮上沒有黑圈，還和往日一樣，往日她曾對雷蒙說：「我們的眼光十分友愛。」

雷蒙還記得，在父親離桌而去的第二天，他一大早就來到飯廳喝巧克力，窗戶開著，外面有霧，因此他在新磨的咖啡的香味中瑟瑟發冷。小徑上的沙礫被那輛舊馬車的車輪壓著嘎吱作響；那天早上醫生遲到了。庫雷熱太太穿著深紫紅色的便袍，頭髮按照睡覺的習慣向後梳成髮辮，走過來親吻中學生的前額，而他繼續吃飯。

「你父親還沒有下來？」

她又添一句，說有信要交給他帶到郵局去。但是雷蒙猜得出她為什麼一大早就下樓：一個家庭的成員們像這樣你挨我，我挨你地擠在一起，自然養成了癖好：既不願意對別人說眞心話，還專愛揣測旁人的秘密。母親常常這樣說媳婦：「她什麼事從來也不告訴我，儘管如此，我完全了解她。」每個人都以爲完全了解其他所有的人，而唯有自己才是別人猜不透的。雷蒙認爲他知道母親爲什麼來：「她想彌補一下。」在頭天晚上的那番爭執以後，她老圍著丈夫轉，想彌補過失。這個可憐的女人總是在說了使丈夫不愛聽的話以後才發覺言中有失。正如在某些痛苦的夢中，她接近丈夫的每次嘗試都使她離他更遠。不管她做事說話，她都惹他討厭。笨拙的溫情絆住她的手腳，她彷彿在摸索前行，而她伸出的雙臂只能帶給他創傷。

庫雷熱太太聽見二樓醫生房間的關門聲，便趕緊往杯子裏倒滾燙的咖啡，在她那由於失眠而顯得紛亂的臉上，在那張被操勞而單調的時光的雨水緩慢沖成一道道皺紋的臉上，亮起了一個微笑。可是，當醫生一露面，她的微笑便立即消失，她又猜疑地打量他。

「你戴著禮帽，穿著禮服？」
「這你不是瞧見了嗎？」
「你去參加婚禮？」
「……」
「喪禮？」
「是的。」
「誰死了？」
「你不認識的人，露西。」
「趕緊告訴我。」
「小克羅絲。」
「瑪麗亞．克羅絲的兒子？你認識她？可是你從來沒有和我提過，你什麼也不告訴我。不過，自從我在飯桌上議論這個壞女人……」
醫生站著喝他的咖啡。他用最柔和的聲音回答，聲音流露出他身上那股憤怒已極但仍然克制住的惱怒：

「二十五年了，你還不了解，我是盡量不談論我的病人的。」

不，她不了解，而且她固執地認爲，從交往中才偶然知道某某女士是庫雷熱醫生的病人，這畢竟是讓人吃驚的事：

「你以爲我好受麼？人家驚奇地問，『怎麼？你還不知道？』於是我不得不說你根本不信任我，你什麼也不告訴我……是你給那個孩子看的病？他得什麼病死的？你可以告訴我嘛，我不會說出去的；再說，這有什麼關係呢？對這種人……」

醫生對她聽而不聞，視而不見，披上大衣對雷蒙喊道：「你快點，七點鐘早過了。」庫雷熱太太跟在他們後面小步跑：

「我又說什麼了？你一下子就發脾氣。」

車門呼地關上，衛矛樹叢已經擋住了舊馬車，太陽正刺穿晨霧，庫雷熱太太含混不清地獨自嘮叨著回到房子裏。

在馬車裏，中學生看著父親，他懷著一種熱切的好奇心，希望父親對他傾訴衷腸。也許這是他們能夠彼此接近的時刻。可是，醫生當時的思想離這個他一直希望征服的男孩子相距萬里；年輕的獵物現在自己送上門來，而醫生卻不知道，他在低聲咕噥著什麼，彷彿車裏只有他一個人：「我應該請位外科大夫來的……穿顱術總可以試試吧。」他把那頂堅著的禮帽往腦後推一推，放下一扇窗，伸出那張毛茸茸的臉去看著車輛在川流不息地駛過的大路。來到柵欄前時，父親心不在焉地說了兩遍：「晚上見。」但他並沒有目送雷蒙遠去。

① 此處指猶太人的遠祖雅各布，在《聖經》裏，他曾與天使搏鬥。
② 西班牙一城市，為西方基督教的朝聖之處。
③ 公元前九世紀希臘詩人荷馬所著描寫古代戰爭的史詩。
④ 希臘神話中眾神居住的高山。

3

在接踵而來的夏天裏，雷蒙．庫雷熱滿十七歲。他還記得，那年夏天其熱無比，又缺少雨水，這座石頭城在後來再也沒有受到這樣無法忍受的夏天的折磨。波爾多城的夏天，山巒擋住了北風，松林以及積蓄熱量的沙礫一直伸展到城門口，將城市團團圍住，這個城市缺少樹木，只有一個公園，渴得要死的孩子們往莊嚴的高柵欄裏面瞧，彷彿覺得世界上的最後一塊草地正在那裏燒爲灰燼。

不過，在庫雷熱的的記憶中，也許他把那一年炙熱的天空和蹂躪他的內心情慾混淆在一起了。他和六十個同年齡的男孩子一起待在由柵木攔住的院子裏，這個院子和別的院子隔開，界牆邊上是一排廁所。這一群即將消逝的孩子和即將誕生的男人，由兩位學監來看管。這個年輕的人經過痛苦的萌芽期，在幾個月內長高抽條，變得纖弱而痛苦。然而，當社交界及其禮俗對出身名門的幼樹進行剪枝修條時，雷蒙．庫雷熱卻肆無忌憚地縱情放任。老師們討厭他，盡量把這個臉被劃破（因爲他那幼嫩的皮膚受不了刮鬍刀）的孩子和別的孩子分開。在好學生眼裏，他是個壞傢伙，大家說他在文件夾裏藏著女人的照片，還說他在小教堂裏偷看《阿佛洛狄忒》，上面用祈禱書遮著。「他失去了信仰……」這句話使學校恐慌萬狀，就好比在瘋人院裏聽說最瘋的那個人掙脫了緊身衣，一絲不掛地在花園裏遊來逛去。在雷蒙・庫雷熱不受罰留校的那幾個少有的星期天裏，他們知道，他脫掉制服和飾有聖母花押字體的帽子，穿上一件從蒂厄里商店和西格朗商店置來的現成大衣，帶上一頂便衣警察的可笑的圓頂禮帽，去逛遊藝節上那些不三不四的小棚子，有人在「轉馬—沙龍」裏看見他和一個看不出年齡的妓女在一起。

在隆重授獎的那一天，人們在曬得火燙的樹葉下熱得發懵，大會宣布學生庫雷熱以「中等」的評語最後通過了考試。此時只有他自己知道，盡管他的生活表面看看來亂糟糟，但他卻作出了極大的努力一定要通過考試，爲什麼呢？一個固執的念頭縈繞著他，使他撇開一切迫害，使他在操場上的灰泥牆前罰站的時候覺得時間過得飛快，那就是出走的念頭，逃跑的念頭。在一個夏天的清晨，他將跨上從家門口經過的那條通往西班牙的大道——那條路由於碩大的鋪路石而顯得沉重，這是拿破崙皇帝，他的大炮和車隊留下的紀念。每走一步，他就離學校和死氣沉沉的家庭更遠一步，他事先就陶醉在無比興奮之中，原先說好，如果雷蒙通過了考試，他父親和奶奶就每人給他一百法郎，他已經有八百法郎了，那樣一來，他就擁有一張一千法郎的鈔票。有了那張鈔票，他便可以周遊世界，使自己和家庭之間隔著一段漫長無邊的距離。所以，別人玩遊戲並不能擾亂他，他在受罰的時候還不停地用功。有時他合上書，貪婪地又沉入幻想：在未來的道路上，知了在松樹上鳴叫，他來到一個無名的村莊，精疲力竭地走進一家涼爽而幽暗的旅店坐下，月光喚醒了公雞，於是，趁著涼意，孩子嘴裏帶著麵包的滋味又上路了；有時他躺在一堆稻草下，一根稻草擋住了一顆星星，晨光用潮濕的手將他推醒……。

然而，這個被老師和家長一致認爲什麼事都幹得出來的小伙子卻沒有逃走，他的敵人們在不知不覺中制服了他；一位少年的失敗在於接受別人的觀點，也認爲自己一無所取。在十七歲時，連最孤僻的孩子也很容易接受別人強加於他的形象。雷蒙·庫雷熱長得很俊俏，但他卻深信自己是個又醜又髒的怪物；他看不到自己臉上那些純淨的線條，而認爲自己只能招人討厭。他自己也討厭自己，而且覺得雖然他引起社交界的敵意，但自己卻永遠也不會報以同樣的敵意。因此，比逃跑的願望更強烈的是，他想藏起來，把面孔藏起來，千萬別遭到陌生人的仇視。聖教會的孩子們不敢碰一碰這位放蕩人的手，其實他也和他們一樣，對女人一無所知，而且認爲連最卑下的粗活女僕也不會喜歡自己的。他爲自己的身體害臊。他以髒和亂自詡，其實少年這是在可憐地虛張聲勢，但家長和老師卻看不出來；他是想讓別人相信，他這種不修邊幅是心甘情願的；這是他這種年齡的可憐的驕傲，絕望的謙卑。

念完修辭班①以後的那個假期，並不是他逍遙逃遁的日子，而是一段隱秘的懦弱的時期：他自慚形穢，以爲給他收拾屋子的女佣人也瞧不起他，醫生有時長久地注視他，使他不敢抬頭。巴斯克一家人八月份去阿卡雄，因此，他再不能像他喜歡的那樣，粗野地逗著身體柔軟如草的孩子玩。

巴斯克一家走了以後，庫雷熱太太喜歡說：「感覺是在自己家裏，這畢竟是很舒服的事。」她是在對女兒進行報復，因爲女兒說過：「加斯通和我倆人，我們需要單獨休養。」而實際上，可憐的女人無時無刻不在盼望來信，而且，一見到暴風雨就忐忑不安，唯恐巴斯克全家坐在小型賽艇裏遇險。她那所房子有一半空著，空的房間使她心裏不好受。能從兒子那裏期待什麼呢？他成天在外面跑，回家時滿頭大汗，滿腹牢騷，像牲畜一樣狼吞虎嚥。

「人家對我說：『你有丈夫呀』。……啊！唉！」

「可憐的女兒，你忘了保爾多麼忙。」

「他不再上課了，母親。他的病人大都去泡溫泉了。」

「可是他的窮病人是不走的。再說，他還有實驗室啦，醫院啦，文章啦……」

感到辛酸的妻子搖搖頭，她知道醫生的這些活動是永遠沒有完的，一直到他死，他永遠不會有休息的間隙，永遠不會清閒無事地將片刻的時間完全獻給她。她認爲這是不可能的事；她不知道，在最忙碌的生活中，愛情也總會給自己奪得一席地位；她不知道，日理萬機的國務活動家，到了和情婦約會的鐘點，也會讓世界停步。這種無知使她免除了痛苦。跟在一個難以接近而又永不回頭的人後面緊追，這就是她所經歷的愛情；她甚至無法使他關注地看她一眼，她想他對別的女人也不會兩樣。不，她不願意相信有一個女人能吸引醫生走出那個她無法理解的世界，那裏盡是統計啦，觀察啦，用兩片玻璃夾著的血和膿啦；她生活了好多年，並沒有發覺在許多晚上醫生的實驗室是空的，而病人們也在等待早該爲他們解除病痛的醫生，但他沒有去，他正坐在滿是幔帳掛毯的幽暗的客廳裏，朝著一個躺著的女人一動不動地待著。

為了在忙碌的日子裏安排這種秘密的空閒，醫生不得不加倍工作。他一一清除道路上的障礙，以便最後到達那個充滿了凝視和多情的沉默的時刻，那時，久久地看著她就會使他的慾望得到滿足。有時，期待中的時刻馬上就要到了，他突然接到瑪麗亞·克羅絲的信：她沒有空，她所依賴的那個男人在郊區一家飯館裏安排了一次聚會。如果瑪麗亞·克羅絲不在信尾提出另一個見面的日子，醫生就簡直活不下去了。剎那間出現了奇蹟，他的全部生活又以新的約會為中心。儘管他每個小時都排得滿滿的，他卻像一位精明的棋手，一眼就看出可以採取何種排列，應該挪動哪些棋子，才能在規定的時刻來到那間滿處是幔帳掛毯的客廳裏，一動不動地，閒散地對著那個躺臥的女人坐著。如果她不能赴約，那麼，在原定見面的時刻過去以後，他高興地想道：「要是見了面，幸福就過去了，而現在，全部幸福還在前頭……」在和她不見面的日子裏，他有的是工作，把時間塞得滿滿的，實驗室尤其是他的避風港，在那裏他忘記了愛情，他沉溺在研究中，時間被摒除了，鐘點被吞噬了，直到突然間吉時來臨；他該走了，去到塔朗斯教堂後面，推開瑪麗亞·克羅絲住的那座房子的鐵柵門。

醫生無暇他顧，這年夏天便很少觀察兒子。他掌握著這麼多可恥的秘密，常常說：「我們總以爲『社會新聞』與我們無關，以爲暗殺啦，自殺啦，丟人的事啦，這些都只與別人有關，然而……」然而，他永遠也不知道，在那個難以忍受的八月，兒子差一點做出無法彌補的舉動。雷蒙想逃走，但同時又想藏起來，不被人看見。他不敢進咖啡館，不敢進商店。他有時在一個門前來回走上十趟，也下不了決心去推門。這種恐懼症使他根本不可能逃跑，但他在這個家裏卻感到窒息。有好多夜晚，他感到死亡是最簡單的辦法，他拉開父親書桌的抽屜，那裏藏著一支老式手槍，但是天主沒有讓他找到子彈。一天下午，他穿過安靜的葡萄園，來到乾旱草原低處的魚塘，他希望水草和苔蘚將纏住他的兩腿，他將無法從泥水中掙扎出來，最後他的嘴和眼睛都灌滿淤泥，誰也再看不見他，而他晚上也再看不見別人了。蚊蟲在水面上飛舞，青蛙像小石子一樣攪渾了這片晃動的黑暗。一個死蟲子被水草纏住，泛出白色。那一天，使雷蒙得救的，不是恐懼，而是厭惡。

幸好，他很少孤獨一人，因爲庫雷熱家的網球場吸引了左鄰右舍的年輕人。庫雷熱太太責怪巴斯克夫婦讓她花錢修網球場，而等到能夠打網球的時候，他們卻走了。這個場子只有外面的人來用。在午睡時分，一些男孩子穿著白衣白褲，拿著球拍，蹬著無聲的帆布鞋悄悄走來，他們突然出現在客廳裏向太太們問好，卻很少問到雷蒙，然後他們便回到陽光下，很快就響起了他們的笑聲和喊聲：「玩球呀」、「出界啦」。「他們連門都懶得帶上。」庫雷熱老太太抱怨說。她只有一個念頭，就是別讓熱氣鑽進來。雷蒙也許會同意去打球，可是有女孩子在那裏，這就把他趕跑了。啊！特別是科塞魯熱家的小姐：瑪麗．苔蕾絲，瑪麗．路易絲和瑪格麗特．瑪麗，這是三位粗壯的金髮姑娘，她們頭髮太多，所以常常偏頭疼——她們在頭上不得不頂著一個由黃髮辮組成的龐大建築，它沒有被髮梳控制好，因而搖搖欲墜。雷蒙恨她們；她們有什麼事好笑的呢？她們笑得「直不起腰」，總說別人是「可憐的孩子」。其實，她們笑雷蒙也不見得比笑旁人更多，但雷蒙有這個毛病，總以爲自己是衆人的笑柄。再說，他所以恨她們，還有一個確切的理由：巴斯克一家動身的前夕，雷蒙沒有勇氣拒絕姐夫，便答應時常將中尉留在馬廄裏的那匹高頭大馬牽出來騎騎。可是，在雷蒙這個年齡，他一坐上馬鞍就感到頭暈，因此他是一位滑稽可笑的騎士。一天早晨，科塞魯熱家的小姐們看見他在樹林的小徑上騎著馬，他緊緊抓住馬鞍的前橋，隨後又被重重地摔在沙地上。一看見她們，他就想起那次哄笑；每次見面，她們都愛提起他被摔下馬的情景。

在這個春分時節，最輕微的逗弄會在一顆年輕的心靈中引起多大的風暴呀！雷蒙對科塞魯熱家的姊妹們一視同仁，他恨她們，把她們當作科塞魯熱家這個整體來恨，這是個梳著三個髮髻的胖胖的怪物，在一九××年八月裏的下午，在紋風不動的樹下，它總是滿頭大汗，咯咯地笑。

有時，他乘火車穿過火爐般的波爾多，來到碼頭上，在表面漂著幾灘彩虹般的石油油漬的死水裏，一些窮得骨瘦如柴和患有淋巴結結核的身體在嬉戲。他們在嘻笑聲中彼此追逐，他們的光腳啪啪地踩在石頭上，留下纖弱的濕印。

十月份來了，危機過去了。雷蒙度過了他生命中最危險的地方，他即將得救，而且他在開學時已經得救了；在他一向覺得氣味好聞的嶄新的教科書上，人類的一切夢想和體系都繪製成一覽表；這一年他上哲學班。他即將得救，但不僅僅是靠他自己的力量。有一個女人很快就會來到他的生活中——正是今晚坐在小酒吧裏的這個女人，她越過煙霧和對對男女盯著他瞧，她那寬闊而安詳的前額並未受到時光的侵蝕。

在那次邂逅前的冬季那幾個月裏，他陷入一種深深的痲木狀態，某種遲鈍使他無所作爲；他成爲無害的，因此也不再是永遠受罰的學生了。在假期中，他曾受到逃跑和死亡這雙重念頭的折磨，而現在他甘心完成井井有條的動作，紀律幫助他活下去；他更加欣賞每日歸途上的愉悅，更加欣賞每晚從這一郊區回到另一郊區的路程。一跨出學校門，他就進入了潮濕的小公路的奧秘之中，它時而發散著霧氣的味道，時而散發著乾冷的氣息；他也很熟悉那些陰暗的天空，潔淨而綴滿星星的天空，或是布滿雲彩的天空，雲彩的後面襯著他所看不見的月亮的亮光；然後就到了入市稅徵收處，坐上了電車，車上總是擠滿了疲勞不堪的、骯髒而溫順的人們；這個比「鐵達尼號」② 還明亮的黃色大長方形沉入了半農村，在被冬季和黑夜吞沒的悲戚的小花園中間行駛。

在家裏，他感到自己不再是經常被調查的對象了，大家的注意力轉移到了醫生身上。

「我眞替他擔心，」庫雷熱太太對婆婆說，「你遇事不愁可眞走運，我羨慕你這種脾氣。」

「保爾有點疲勞過度，他工作過多，這當然啦，不過他的身體素質好，我不擔心……」

媳婦聳聳肩，她並不想弄明白老太太自言自語地在咕噥些什麼：「他沒有生病，不過他確實很難受。」

庫雷熱太太又說：「只有醫生最不會照顧自己。」在飯桌上，她偷偷觀察他，他抬起一張不高興的面孔。

「今天是星期五，爲什麼吃牛排？」

「你需要營養品。」

「你怎麼知道？」

「你爲什麼不去看看迪拉克呢？醫生是不會給自己瞧病的。」

「可是，可憐的露西，你爲什麼總說我生病呢？」

「你看不見你自己，你那模樣眞嚇人，誰都注意到了。昨天，記不得是誰問我說：『你丈夫怎麼了？』你應該吃點膽鹼（一種營養素）……我敢擔保是肝的毛病……」

「爲什麼一定是肝，而不是別的器官呢？」

她斷然宣布說：「這是我的感覺。」露西明確感到是肝的毛病，什麼也不能使她改變看法，她不斷地提醒醫生，她絮絮不休，比蒼蠅還纏人：「你已經喝了兩杯咖啡，我要叫廚房以後別往咖啡壺裏添咖啡了。午飯以來，你這是第三支煙，別申辯，三個煙頭就在這只煙灰缸裏。」

「他知道自己病了。」有一天她對婆婆說，「昨天我看見他在照鏡子，這是證明；他這個人一向不注意儀表，昨天卻仔仔細細地觀察他的臉，用指頭摸來摸去，彷彿想把額頭和兩鬢上的皺紋撫平，他甚至還張開嘴看牙齒。」

庫雷熱太太從圓框眼鏡上面觀察媳婦，彷彿唯恐在這張多疑的臉上看到比不安更深一層的東西：猜疑。那天晚上，老太太感到兒子的親吻比往常更有力，也許她明白，那個男人的頭在片刻之間沉重地頹倒在她的前額上，這意味著什麼。從兒子的少年時代起，她就常常猜測他心中的創傷，世界上只有一個人，就是造成創傷的人，才能醫治它。那位妻子，雖然多年來在愛情上很不如意，卻仍然認爲他是生理上有病；每當醫生在她面前坐下，兩手平平地捂著那張痛苦的臉，她便說，「這是我們大家的意見，你應該去看迪拉克大夫。」

「迪拉克會怎麼說，我早知道了。」

「可是你能給自己聽診嗎？」

醫生沒有回答，他正一心想著內心的焦慮，他的心在收縮，彷彿被一隻手握著，輕輕捏著似的。啊！當然，他對自己的心跳比對其他任何胸腔裏的心跳次數都摸得更清楚，他剛剛在瑪麗亞．克羅絲身旁玩了一場遊戲，至今仍氣喘吁吁：在和這個女人的談話中，想塞進一個更溫情的字眼，一句影射愛情的話語，是何等地難呀，因爲她對醫生必恭必敬，強加於他一種神聖性，賦予他一種精神上的父愛！

醫生回想這次探親的情景：他在塔朗斯教堂前面的大路上下了車，走上滿處是水窪的小路。黃昏過得很快，當他走進大門時，天已黑了。在一條缺乏維修的小徑盡頭，一所矮矮的住所底層的玻璃窗上透出紅色的燈光。他沒有按鈴，也沒有任何僕人領他穿過飯廳，他沒有敲門就走進了客廳，瑪麗亞．克羅絲躺在那裏，沒有站起來。她甚至繼續看了一會兒手中的書，然後說：「好了，大夫，您來吧。」她把兩隻手伸給他，兩隻腳往邊上靠一靠，好讓他在長椅上坐下來：「別坐那把椅子，它壞了。這裏是奢侈和窮困，您知道……」

拉魯塞爾先生把瑪麗亞．克羅絲安置在這座鄉間別墅裏，地毯上的裂縫往往使來客踉蹌，窗簾的折縫裏隱藏著窟窿。有時瑪麗亞．沉默無語，醫生雖然決心要表白愛情，但不敢開口，因爲在長椅上方的玻璃鏡裏，他看到的是一張滿是鬍鬚的臉，一雙被顯微鏡弄壞的，佈滿血絲的眼睛，還有那個當他準備實習考試時就已經脫髮的禿頂。不過，他還是要試試運氣，她的一隻小手垂在那裏，幾乎碰著地毯，他把手抓在自己手裏，低聲說：「瑪麗亞……」她沒有抽回那隻信任的手：「不，大夫，我不發燒。」她從來只談她自己。她接著說：「我的朋友，我做了一件事，您一定會同意的，我對拉魯塞爾先生說，我再不需要馬車了，他可以把馬車都賣掉，辭退菲爾曼。您知道他是怎麼一個人，他根本不懂高尚的感情，他笑了，還說犯不上爲了一時的心血來潮而把『這裏的一切弄得亂七八糟』。我堅持，我不管刮風下雨我都乘電車，今天我就是乘電車從墓園回來的。我想您會對我滿意的吧。這樣，我覺得自己稍微對得起那死去的孩子。覺得自己少一點……少一點……情婦的味道。」

最後這個字是勉強說出來的。她抬起那滿眶熱淚的美麗的眼睛，瞧著醫生，謙卑地懇求他的讚許。他很快表示讚許，他的聲音深沉而冷靜，這個女人還在不停地懇求說：「您是偉大的……您，您是我認識的最高貴的人……您的存在本身就足以使我相信善良……」他想申辯說：「我並不像您想像的那樣，瑪麗亞，我只是一個很可憐的男人，和別的男人一樣也被慾念纏身……」

「如果您不鄙視您自己，那您也成不了現在這樣的聖人。」她回答說。

「不，不，瑪麗亞，不是聖人！你不知道……」

她帶著一種專心致志的仰慕之情瞧著他，可是她從來不像露西．庫雷熱那樣擔憂，甚至根本沒有發覺他臉色不好。這個女人對他的牽強崇拜使他的愛情感到絕望。仰慕之情的高牆堵住了慾望。這個可憐的人，在他遠離瑪麗亞．克羅絲的時候，總認爲自己那樣的愛情是無堅不摧的，可是當他又見到少婦如此恭順，如此渴望聽取他的意見時，他意識到自己的不幸是無法彌補的：世界上沒有任何東西可以改變他們相互關係的性質；她不是情婦，而是弟子；他不是情夫，而是精神導師。朝這個躺臥的軀體伸出手臂，把它抱過來，這樣做就和打碎這塊鏡子同樣荒謬。他沒想到她正不耐煩地盼他走。她引起醫生的好感，她以此爲榮，而且，在她那墮落的生活中，她高度評價和這位傑出的人交往，可是，他使她生膩！他沒有感到自己的拜訪成爲瑪麗亞的負擔，他覺得自己的秘密在一天天地洩露，而她毫不覺察，唯一的解釋就是她對他冷漠已極。如果瑪麗亞對醫生哪怕有一點點感情，她也會明顯看到他在愛她。唉！一個女人在一個男人面前竟能如此無動於衷，而她還尊重，甚至於敬重他，而她還以與他交往爲榮，但他卻使她生膩！在這一點上，醫生只得到部份的啟示——卻已經感到難以忍受。

他已經不願聽她說話，站起身來。她還在說：「啊！您這就準備出診了！有些不幸的人在盼著您……所以我不能自私自利，不能老讓您守著我一個人呀。」

他又穿過空寂的飯廳，門廳，吸了一口冰冷的花園的氣息。在回家的路上，他坐在車裏想起露西那專注而抑鬱的面孔，她大概已經忐忑不安地等著他了，他自言自語說：「千萬不要讓別人痛苦，我痛苦，這已經夠了，不要讓別人痛苦……」

「今晚你的氣色更不好。你爲什麼不去看迪拉克呢？不爲你自己著想，也得爲我們著想呀。好像這只是你一個人的事似的，其實和我們大家都有關係。」

庫雷熱太太這是要把巴斯克夫婦附和她，他們兩人剛剛低聲密談完畢，便順從地也像庫雷熱太太那樣懇求說：

「是呀，父親，我們都希望你盡量長壽。」

一聽見這個討厭的聲音，醫生便對女婿的反感感到羞愧：「他總還是個正直的小伙子呀……我是不可原諒的……」但怎能忘記他為什麼恨女婿呢？在好多年裏，醫生覺得在他的婚姻中只有這一點完全符合他原先的夢想：一張小床靠在夫妻倆的大床旁邊，他和妻子每天晚上看著頭胎女兒瑪德蘭睡覺。聽不見一絲呼吸，一隻純潔的小腳蹬開了毯子，一隻軟軟的，神奇的小手垂在床柱之間。孩子很溫柔，溺愛她不會有任何危險；父親的寵愛使她很高興，以致她可以待在醫生的書房裏一連玩上幾個鐘頭也不出聲。他常說：「你說她不太聰明，可是她比聰明還強。」他一向不願意和庫雷熱太太一同上街，可是後來，他卻願意帶著這個女孩子出去：「人家會以為你是我的妻子！」在這期間，他在所有學生中看上了弗雷德．羅班松——唯一能理解他的人。醫生已經管他叫兒子了，只等瑪德蘭滿十八歲就舉行婚禮，可是，她進入社交界的頭一個冬天的末尾，姑娘就告訴父親她已經和巴斯克中尉訂了婚。

醫生憤然反對，這樣僵持了幾個月，而無論是家庭或社會都不明白他為什麼反對。他為什麼不喜歡這個有錢的、門第高貴的、頗有前途的軍官，而喜歡一個既無錢又出身卑微的小小的學生呢？據說這是由於學者的私心。

醫生反對這門親事的理由十分特殊，以致無法向周圍的人說清楚。從一開始他就感到自己成了所鍾愛的女兒的敵人，他認為她很願意自己死去，在她看來，他如今只是一堵牆，她必須推倒它才能和呼喚她的雄性團聚。他需要看個明白，便堅持己見，好衡量他所喜愛的女兒仇恨他到何等程度。他的老母親也站在年輕人一邊反對他。於是在他家中就出現了促成未婚夫妻背著他幽會的種種陰謀。最後他讓步了，女兒吻了一下他的面頰；他像往常一樣稍稍捋起了她的頭髮，吻她的前額。周圍的人繼續說：「瑪德蘭最愛她父親，也一直最得到父親的歡心。」女孩子大概會繼續叫他「我親愛的小爸爸」，直到他死。

可是在這以前，他必須忍受和這個巴斯克的接觸，儘管醫生作了很大努力，他對巴斯克的反感仍然有所流露。「眞奇怪，」庫雷熱太太說，「保爾的女婿在一切問題上想法都和他一樣，但保爾卻不喜歡他。」而這正是醫生不能原諒小伙子的地方。小伙子那個歪曲事物的頭腦，在他看來，正是對自己最珍惜的思想的嘲弄。中尉屬於這樣一類人，他們的贊同使我們無法忍受，使我們懷疑我們甘願流血犧牲的眞理是否正確。

「是呀，父親，您該爲孩子們保重身體，儘管您不願意，還是聽聽孩子的意見吧。」

醫生沒有回答就走出了房間，巴斯克夫婦後來逃到自己的房間裏（這是塊神聖的領土，庫雷熱太太常說，「我從來不進去，瑪德蘭向我暗示她不願意我進去。這種事呀，我不需要別人說兩遍，我聽一個字就明白了。」）夫妻倆默默地脫衣服，中尉跪在地上，頭埋在床單裏，突然轉過身來問妻子：

「這所房子屬於共同財產嗎？」

「……」

「我是說，它是在你父母結婚以後買的嗎？」

瑪德蘭覺得大概如此，但沒有把握。

「這倒是應該問清楚，因爲，萬一你可憐的爸爸……我們就有權繼承一半。」

他又沉默了，然後突然問雷蒙多大了，而且對雷蒙只有十七歲感到不快。

「這和你有什麼關係？爲什麼問這個？」

「不爲什麼……。」

他也許在想，有這麼一個未成年的人，繼承問題就複雜了，他站起來又說：

「我呀，我確實希望你可憐的父親在幾年之內不要離開我們。」

在黑暗中，那張寬大的床朝著這對夫妻敞開。他們上了床，像在中午和晚上八點鐘坐上飯桌一樣：是饑餓的時刻了。

在這些夜裏，雷蒙有時醒來，覺得有什麼暖暖的，無味的東西順著臉往下淌，流在他的喉嚨裏。他的手摸索著找到一根火柴，於是他看見血從他的左鼻孔裏噴出來，弄髒了襯衣和床單，他站起來，凍得發僵，他瞧著鏡子裏那個長長的、布滿鮮紅血跡的身體，他將黏糊糊的帶血的指頭在胸前擦拭，覺得自己那張血跡斑斑的臉很有趣，他既扮兇手，也扮被害者。

---

① 舊日法國中學的一年級，約等於我國的高中二年級，哲學班則為高中最後一年。

② 豪華的大型海輪，一九一二年在首航美洲途中觸冰沉沒，是轟動一時的海難事件。

4

這天晚上和其他晚上一樣——那是在一月底，冬季已經在這些地區衰退——在擠滿工人的電車裏，雷蒙驚奇地看到他對面的那個女人。他每晚混在車上裝載的這麼多人中間，並不引以爲苦，而是幻想自己成了一個移居國外的移民，他坐在統艙的旅客中間，大船劈開黑暗前進，樹木彷彿是珊瑚，行人和車輛彷彿是大海深處隱秘的生物。這趟旅程太倉促了，在旅途上他不會感到丟臉，因爲沒有一個身體不是像他那樣不修邊幅，不是像他那樣頹欠整潔。有時他的目光與另一目光相遇，他看不到一絲嘲諷；然而他的內衣卻比那件胡亂貼在像牲口一般毛茸茸的前胸上的襯衫要乾淨得多。和這些人在一起，他感到自在，他哪裏知道，只要說一句話就會使荒漠突然出現，而荒漠使階級，使人們相互隔離。這種接觸，在衝破郊區黑夜的電車上的這種融合，大概實現了最大限度的相通一致。雷蒙在學校裏那麼粗暴，而在這裏卻沒有推開身旁那個搖搖晃晃的腦袋，那是和他相仿的一個小伙子，他疲憊不堪，昏昏欲睡，身體散了架，像花束一樣散開了。

那天晚上，他看到面前的這個女人，這位太太。她穿一身黑，沒有戴面紗，坐在兩個滿身油漬的男人中間。雷蒙後來納悶，爲什麼在她的注視下，他並未感到那種連最卑微的女佣人都會使他產生的羞愧。不，毫無羞愧，毫無拘束，也許是因爲在電車裏他感到自己是無名者，也許是因爲他想像不到會有與這個女人接觸的任何可能。不過，主要是因爲他沒有在這張面孔上看到任何好奇，嘲諷，鄙視。而她卻在仔細打量他！她全神貫注，從容不迫，大概在想：「這張面孔使我忘記在這輛公共電車裏所必須度過的無聊的時間；除了這張陰沉的天使面孔，周圍的世界概不存在。什麼也觸犯不了我，我在凝視中得到解脫；他在我面前彷彿是一個陌生的國土；眼皮是受衝擊的海岸，睫毛邊上是兩個沉睡的、混濁的湖泊。他的手指上有墨漬，衣領和袖口發黑，衣服上還缺一個鈕扣，正像一個沒有被人碰過的果實突然從樹枝上掉下來沾了土，你得小心翼翼地將它拾起來。」

而雷蒙也充滿安全感，因爲他不用擔心這個陌生女人會和他說話，不用擔心會有什麼東西把他們連在一起；他凝視她，安靜而執拗地，好比我們在觀看一個星宿……（她的前額仍然那麼純淨！今天晚上，庫雷熱偷偷地瞧它，它沐浴著一種光輝，但不是燈火通明的小酒吧間的光輝，而是一種智慧的光輝，它在女人的面孔上是不多見的，但卻能使人動情，並且有助於我們理解爲什麼思想，念頭，智慧，理智，這些字眼都是陰性的！）

在塔朗斯教堂前，年輕女人站起身，被她遺棄的那兩個男人身邊只留下她的香味，而不等雷蒙下車，香味就消散了。一月份的這天晚上，天氣不怎麼冷，少年沒有想到要跑步；霧氣中已經包含著即將來臨的季節那不露聲色的溫煦。大地仍然是光禿禿的，但它不再沉睡。

這天晚上，雷蒙心不在焉，對飯桌上的一切都沒看見。父親的氣色從來沒有如此壞過，以至庫雷熱太太嚇得不敢開口。等到醫生和母親一道上了樓，她對巴斯克夫婦說，千萬可別「嚇壞」他，但她作主要偷偷去找迪拉克；中尉的雪茄煙黑得滿屋臭味，他靠著壁爐站著，重複說：「沒錯，母親，他被擊中了。」他那簡短而含糊不清的話正是指揮士兵的語言，瑪德蘭不同意母親的話，說：

「也許只是暫時的發作吧……」

中尉打斷了她：

「哦不，瑪德蘭，情況很嚴重，母親說得對。」

年輕的女人大膽表示不以為然，他便吼叫起來：

「你母親說得對，我不是跟你說了嗎？這還不夠？」

在二樓，庫雷熱老太太輕輕敲了兒子的房門，他正端坐在一本翻開的書前。她沒有對他提任何問題，而只是默默地織毛活。如果他再不能保持沉默，如果他憋不住，如果他需要說出來，那麼，她在那裏，她準備傾聽，一種準確無誤的本能告訴她不要強使他吐露眞情。他呢，刹那間他確實想發出使他窒息的那聲吶喊，可是說來話長，必須複述那一連串的痛苦，直到今晚的痛苦……他的痛苦和痛苦的起源，這兩者之間何其不相稱，這又如何去解釋呢？因爲並沒有發生任何別的事。醫生在規定的鐘點奔到瑪麗亞·克羅絲那裏，一位女僕說太太還沒有回來，這使他感到第一陣焦慮；他同意在空寂的客廳裏等著，他的心比鐘擺跳得還快；一盞燈照著天花板上故作風雅的小梁，在靠著長沙發的矮桌上，煙灰缸裏放著那麼多煙頭：「她抽得太兇……她已經成癮了。」那麼多書！可是沒有一本書的最後幾頁是裁開的。他的眼光掃過褪了色的大綢窗簾上撕破的摺紋。他重複說：「奢侈和窮困，窮困和奢侈……」他瞧瞧掛鐘，然後又瞧瞧自己的錶，決心再等一刻鐘，於是時間彷彿奔馳了起來。爲了不感覺時間是那麼短，醫生避免去想自己的實驗室，避免去想那中斷的實驗。他站起來，走近長椅，跪下來，朝門口膽怯地瞧瞧，然後就把頭埋進椅墊裏……當他又站起來的時候，他的左膝蓋像往常一樣匡噹響了一下。他站在鏡前，用指頭摸摸他那腫起的顯骨，誰要是看見他此刻在鏡中的映影，準以爲他是瘋子。他的工作使他習慣於將一切都變爲公式，因此他說：「當我們孤獨一人時，我們就是瘋子。是的，只有在別人迫使我們受控制時，我們才能自我控制。」唉！這種議論足以消磨他給自己規定的那一刻鐘的寬限……。

母親在等待他談心裏話，怎樣向她解釋他此刻的憂傷，被迫的克制，以及被剝奪那可憐的幸福——每日與瑪麗亞．克羅絲交談——這種心情呢？問題不在於願不願意吐露眞情，也不在於身邊是否有個知心人——哪怕是自己的母親。誰掌握這門學問，能用寥寥數語來表達我們的內心世界呢？怎樣才能從這條流動的河水中擷取某種感受，而不是另一種感受呢？如果不能說出全部眞情，就等於什麼也沒有說。再說，坐在那裏的這位老婦人，她能理解兒子內心深處的活動，能理解這種令人心碎的不和諧嗎？兒子屬於另一個族群，既然他是另一個性別……性別，單單性別就足以使我們相互隔離，猶如兩個星球……在母親面前，醫生回憶起自己的痛苦，但他不講出來。他記得自己等待瑪麗亞．克羅絲等膩了，抓起帽子要走，這時門廳裏響起了腳步聲，他的生命彷彿一下停住了。門開了，出現的不是他所期待的女人，而是維克多．拉魯塞爾。

「你對瑪麗亞太寵愛了，大夫。」

他的聲音裏沒有一絲猜疑。醫生對這個人笑了笑，他整整齊齊，臉色紅潤，穿一身淡灰褐色衣服，由於殷勤和自滿而顯得容光煥發：

「這些神經衰弱的病人，這些無病呻吟的人，對你們醫生來說，可是一塊肥肉。嗯？不，我這是開玩笑……我知道你大公無私……瑪麗亞能碰上你這樣少見的人，也眞算是我走運。你知道她爲什麼還沒有回來嗎？太太不再乘馬車了，這是她最新的怪念頭。我這話只能跟你說，我覺得她有點瘋瘋癲癲，不過，對一位漂亮女人來說，這又增加了一分魅力，是吧？你說呢，大夫？你這個了不起的庫雷熱！我很高興看見你，就在這裏吃飯吧，瑪麗亞會高興的，她很喜歡你。不行？那你至少得等她回來吧；只有在你面前，我才能談談她。」

「只有在你面前，我才能談談她……」突然，這個自命不凡的胖子說出了這句令人心碎的話。醫生坐著馬車回家時想道：「他這種情慾在城裏引起議論紛紛，其實在這個傻瓜身上，只有這一點才是高貴的。他五十歲了，還能夠爲一個女人痛苦，而他已經佔有了她的身體，但他嫌不夠。他的社交，生意，馬廄，在這個天地以外，他還有另一個更高的痛苦根源……在對愛情的浪漫主義的幻想中，也許並不是一切都荒謬。瑪麗亞·克羅絲！瑪麗亞！痛苦，沒有見到她的痛苦，可是她根本沒想到要預先通知我，這又意味著什麼！我在她的生活中一定是毫無地位，她可以不和我見面，而且根本將見面的事置之腦後……那幾分鐘對我來說具有無限的價値，而在她眼中卻一錢不値……」

醫生被話語驚動：他母親憋不住了；她的思路又轉到了暗中使她操心的事情上；她不再去想兒子身上那處她不知道的創傷，而重新提起一直縈繞心頭的和媳婦的關係問題：

「我躬著背，總是回答說：『好的，女兒，你瞧著辦吧……隨你便！』我從來不勉強人。自從那次露西向我暗示，財產都是她的……謝天謝地，你賺的錢也不少。確實，你和她結婚的時候，你除了前途以外，一無所有，而她卻是埃爾伯夫城的布拉西埃家族！我知道，她家的工廠當時還不像今天這樣，不過，她當然滿可以找一個有錢的男人。有一天她談到瑪德蘭時對我說：『愈有錢就愈想要錢。』總之，我們也不用抱怨，要是沒有佣人們那些麻煩，也還過得去。」

「可憐的媽媽，生活裏可怕的事，莫過於讓各事其主的佣人們待在同一間廚房裏了……」

他用嘴唇碰一碰母親的前額，讓房門半開著，好讓她看清楚路，他又機械地重複說：「生活裏可怕的是……」

第二天，瑪麗亞·克羅絲沒有改變她不坐馬車這個異想天開的念頭，因此雷蒙在電車上又遇見這個陌生的女人，她還是坐在老地方，用那安詳的眼光佔有這個少年的面孔，她的目光在他的眼皮四周游移，順著深色頭髮的邊線往下，停留在雙唇間閃著光澤的牙齒上。他想起前兩天沒有刮鬍子，用手指摸摸瘦削的面頰，然後羞愧地把兩手藏在斗篷下。陌生女人低下了眼睛，但他一開始並沒有發覺，由於沒有用吊襪帶，他的一隻襪子往下滑，露出了腿。他不敢去扯襪子，只是換了個姿勢。但他並不痛苦，他恨別人笑，哪怕是克制的微笑；別人嘴角上最輕微的抽動，他都能注意到；別人咬著下嘴唇，他就明白是什麼意思……可是這個女人用一種奇異的面孔瞧著他，面孔上既有靈性又有獸性。是的，這是一張不會笑的、無動於衷的、美妙的動物的面孔。他哪裏知道他父親常常和瑪麗亞．克羅絲開玩笑，說她把笑容當作面具掛在臉上，面具有時突然掉下來，而她的目光仍然保持它那沉著的憂鬱。

她在塔朗斯教堂前下車，雷蒙現在只看到她在皮椅上坐過的微微下陷的痕跡，他毫不懷疑，第二天他還會見到她，但他並沒有任何充足的理由來說明這種希望，他只是相信。這天晚飯以後，他拿了兩罐滾燙的熱水到自己的房間裏，取下澡盆。第二天早上他又早醒半小時，因爲他決定從今以後每天刮鬍子。

庫雷熱家的人可以對著栗樹的芽苞看上好幾個小時，而對開花的奧秘一無所知，同樣，他們也看不見在他們中間出現的奇蹟：瑪麗亞．克羅絲的第一眼使這個骯髒的中學生身上出現了一個新人，正如頭一鏟土使完美的雕塑部分地露出了地面。在一個女人的熱情凝視下，這個不修邊幅的身體彷彿是古老森林中粗糙的幼樹，突然間，沉睡的女神在森林裏活動起來。庫雷熱一家看不到奇蹟，因爲一個過於單調的家庭的成員之間是彼此視而不見的。幾個星期以來，雷蒙成爲一個崇尙水療法的講究外表的青年，他相信自己能討人喜歡，也一心想誘惑別人，而在他母親眼中，他卻仍然是一個骯髒的中學生。一個女人，不用說一句話，是靠著眼神的威力，就使庫雷熱家的這個孩子變了樣，重新塑造了他，而家裏人竟沒有在他身上認出被施過這個陌生的魔法的痕跡。

在這個時期，白天愈來愈長，電車裏再沒有燈，雷蒙每次都嘗試一個新的舉動，他交叉著腿，露出扯得緊緊的、講究的短襪，和光可鑑人的皮鞋（在聖熱內斯十字架處有一個擦皮鞋的）；他再沒有任何理由遮掩袖口了，他戴上手套；有一天他摘下手套，年輕女人看到他那塗得太紅的指甲，不禁微微一笑，指甲修剪師一定在那上面費了不少功夫，可是由於他多年以來一直啃指甲，所以還是暫時避免引人注目爲好。這一切，只是一種看不見的復甦的表面現象。在這種深沉的、一直是默默的、久而久之變得熟悉的關注下，他心靈中積累的霧氣逐漸消散。「他也許不是怪物，他和別的年輕人一樣，也能夠吸引女人的目光，也許還不僅僅是目光！」他們沉默無語，但時間已經在他們心中織成了紗網，任何話語，任何舉動也無法使它如此堅韌。他們感到首次交談的時刻即將來臨，但雷蒙並不想法加快這個時刻的到來；這個羞澀的苦役犯，只要不再感到身負重荷他就心滿意足了；突然變成另一個人，這一點暫時給他帶來了足夠的歡樂。在陌生女人瞧他以前，難道他的確只是一個骯髒的學生？我們都曾被愛我們的人一再塑造。即便是他們並不堅持，我們還是他們的作品，而這作品是他們所認不出來的，也從來不是他們想像中的模樣。沒有任何愛情，沒有任何友誼，能夠掠過我們的命運而不促使它永遠定型。今天晚上的雷蒙·庫雷熱，坐在迪福街小酒吧裏的這個三十五歲的單身漢，會完全是另一個人，如果在一九××年，這個當時上哲學班的中學生不曾在回家的電車上看見坐在對面的瑪麗亞·克羅絲的話。

5

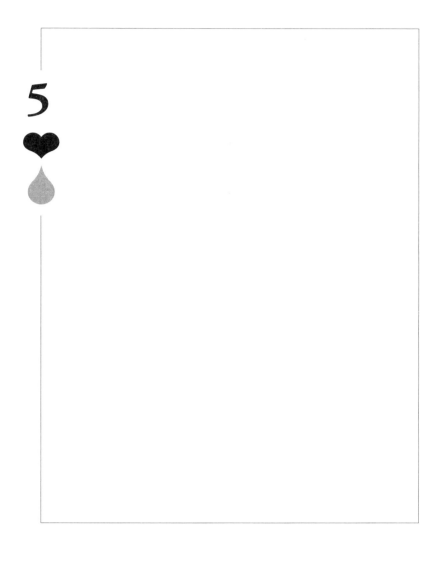

是父親第一個認出雷蒙身上的新人，春末的一個星期天，他在飯桌上比往常更加心不在焉，以至於連女婿和兒子的爭吵聲也沒有聽見。那是關於鬥牛的事，雷蒙最喜歡看鬥牛，可是這個星期日他看到第四頭牛倒下以後就走了，唯恐錯過了六點鐘那班電車。但這個犧牲毫無意義，因為陌生女人恰恰不在電車上。「這是星期日，我早該想到了，為了她我白白錯過了兩頭牛……」他正這樣想著，巴斯克中尉公然說：

「我眞不明白你父親為什麼允許你去看這種屠殺？」

雷蒙回答說：「當軍官的還怕血，眞好笑。」

於是就引起了一場風波，醫生突然聽見：

「不，你好好瞧瞧我！」

「我瞧著你呢，我瞧見的是一個毛頭小伙子。」

「毛頭小伙子？你再說一遍。」

他們都站了起來，全家人跑了過來。瑪德蘭．巴斯克對丈夫喊著說：「別答腔了，犯不上，他嘴裡說的話，你還當眞！」醫生懇求雷蒙坐下來：「坐下。吃飯吧！

到此爲止。」中尉還嚷嚷說雷蒙罵他是膽小鬼，庫雷熱太太說雷蒙沒有這個意思。不過大家都坐了下來，一種暗中的默契使衆人同心致力於撲滅火災。出於家族性，他們對於凡是危害他們性格的平衡的東西，無不深惡痛絕。這些終生同乘一條苦役船的船員們，出於自己的本能，留心避免船上發生任何火災。

因此，眼前飯廳裡一片寂靜。細雨敲打著台階的滴答聲突然停止了，雨點散發出來的氣味沐浴著這個默默無聲的家庭。有人趕緊說了一句：「涼快多了！」另一個聲音回答說這陣雨不管用，連塵土也壓不住。這時，醫生驚訝地端詳這個大兒子，他近來很少想到他；也認不出他來了。恰恰在這個星期天，他自己從一場惡夢中走了出來。自從瑪麗亞·克羅絲失約，以致他和維克多·拉魯塞爾單獨見面以來，自從這個已經變得遙遠的日子以來，他就在惡夢中掙扎，這個即將過去的星期日是他生活中最殘酷的一天，但卻使他終於得到了自由（至少他這樣想）。他的得救來自一種巨大的疲乏，一種無以名之的厭倦，是的，這一天他忍受了太大的痛苦！他什麼也不再想，只盼著逃出戰鬥，藏身於自己的衰老之中。自從那一天他在瑪麗亞·克羅絲那個「奢侈和窮困」的客廳裏白白地等她，直到她剛剛舉手投降的這個可怕的下午，這中間差不多過了兩個月。醫生坐在這個又歸於寂靜的飯桌旁，再一次忘記了兒子而去回顧這艱難旅程中的每個情景；他一步一步地追憶。

他那無法忍受的痛苦是在她失約的第二天，由那封道歉的長信所引起的。

在兩個月來被他反覆看過多次的這封信中，瑪麗亞寫道：

這有點怪您，親愛的好友？是您使我想到放棄那個使我引以爲恥的可怕的奢侈品；由於沒有馬車，我就不能早早回來在往常的鐘點接待您；我去墓地也比較晚，我很喜歡待在那裏，您想像不出，在白日將盡的時候，修道院是何等安靜，墳墓上處處有小鳥在啼唱。我感到我的孩子在贊同我，對我很滿意。在我回家乘坐的那輛裝滿工人的電車上，我得到了多大的安慰！您大概以爲我過分激動吧，啊不，我很高興待在那裏，待在我配不上的那個窮人中間。我沒法告訴您我是多麼喜歡乘電車回家。即使「人家」現在雙膝跪下，懇求我乖坐「人家」給我的馬車，我也不會答應的。親愛的大夫，我們不再相見又有什麼關係呢？只要有您的榜樣，您的教導，這就夠了。我們在精神上是聯結在一起的。莫里斯．梅特林克①寫得好：「那個時刻即將到來，它並不遙遠，那時心靈不通過肉體就能相見。」給我寫信吧，您的信對我就足夠了，親愛的精神導師！

瑪．克

我是否要繼續吃藥片？要打針嗎？我只剩下三針了，還應該再買一盒嗎？

這封信儘管沒有殘酷地傷害他，卻使他十分不快，因爲信中流露出一種殷勤討好和自我滿足的虛假的謙卑。醫生很了解人性中最可悲的秘密，但對人無限寬容。然而，只有一種人性之惡使他惱火：墮落者盡量巧妙地美化自己的墮落。這是人所能達到的最深的殘疾：將垃圾視作耀眼的鑽石。瑪麗亞．克羅絲並不習慣於這樣撒謊。她最初甚至迷住了醫生，因爲她如此熱衷於認識自己，而不要加以任何美化。她甚至主動地一再說她母親是如何地高尚；母親很年輕就守寡，在地區首府當個可憐的小學教師，她爲了女兒樹立了一個美好的榜樣：「媽媽整天操勞，好供我上中學；她想像我考進高等女子師範。在她去世以前，她很高興參加了我的婚禮，這門親事是出乎意料的。您的女婿巴斯克認識我丈夫，他在軍團裏當助理軍醫。他很愛我，使我很幸福。他去世以後，我帶著孩子勉強生活，當然我可以想辦法，使我墮落的不是窮困，而可能是最卑鄙的念頭：想有地位，想要別人一定要我……而現在，我仍然留在『他』身邊是由於懦弱，我害怕工作，害怕收入微薄的差事……」自從她頭一次講了這些內心話以後，醫生常常聽見她謙卑地羞辱自己，無情地譴責自己。為什麼她突然產生這個可憎的興趣，想要讚美自己呢？然而，這封信使他傷心之處並不在這裏，他埋怨她這一點只不過是自欺欺人，因為他不敢探查另一個深深的創傷——唯一使他難以忍受的創傷：瑪麗亞不希望再見到他，而且輕描淡寫地提到這一點。啊！梅特林克關於心靈將不通過肉體而相見的這句話，他在內心裏聽過多少次呀，當病人用喋喋不休的細微末節來敘述自己的病情時，或者當學生手足無措，結結巴巴地說不出什麼叫咯血病時，他都聽見這句話，當然，居然以為年輕女人會特別喜歡和他在一起，他豈不是發了瘋，瘋子！瘋子！可是，當我們所愛的人在我們生活中，哪怕是物質生活中，成為必不可少的，而她卻無動於衷地（也許是滿意地）讓我們永遠不去見她，這種無法忍受的痛苦，又有什麼推理能使我們免除呢？她在我們眼中是一切，而我們在她眼中卻一錢不值。

在這段期間，醫生盡量克制自己。庫雷熱太太說：「我又看見他在照鏡子，他自己也開始擔心了。」他知道，要使自己冷靜下來，要使自己得到徹底絕望的寧靜，最好的辦法莫過於觀看自己那張疲憊不堪的五十多歲人的可憐的面孔，從此以後把瑪麗亞看作死去的人，而自己等待著死亡，同時幹雙倍的工作，是的，自毆，自殺，靠著過度勞動及鴉片來得到解脫。他雖然對他人自欺欺人的作法十分反感，自己卻仍然欺騙自己：「她需要我，我對她負有義務，正如對任何一位病人……」他寫信對她說還應該繼續觀察她的病，當然她乘電車是對的，可是爲什麼每天都出門呢？他請求她告訴他哪一天她在家，他想辦法脫身在往常的鐘點去看她。

整個星期他都在等回信。每天早上，他朝那一大堆廣告單和報紙瞧上一眼：「她還沒有回信，」他計算日子，「我是在星期六寄的信，星期天只送一次信，所以她星期一才收到；要是她等兩三天再回信……我今天要能收到回信就是出乎意料的了。從明天起，我會開始感到不耐煩。」

一天晚上，他精疲力竭地回到家中，看見了那封信：

……去墓園？對我來說，這是神聖的義務。不管颳風下雨，我都毫不動搖地去那裏朝聖。我感到在黃昏時分我離我的小天使最近。他彷彿知道我在什麼時候去，他等著我。這是荒謬的，我知道，可是正如帕斯卡爾②說的：心靈有自己的邏輯，當我最後踏上六點鐘那班電車時，我感到幸福而寧靜。您知道，那趟車上擠滿了工人。可是我並不害怕，我離人群很近，儘管在表面上我遠離他們；我不是以另一種方式重新接近他們了嗎？我看著這些人，他們彷彿和我一樣孤獨，怎樣向您解釋呢？同樣地背井離鄉，同樣地地位低下。我的家比他們的家豪華，但畢竟只是租給我用的，沒有一件東西是屬於我的，正如沒有一件東西是屬於他們的……甚至包括我們的身體……晚上，您在回家以前爲什麼不來我這裏呢？我知道您不喜歡遇見拉魯塞爾先生，可是，我可以事先告訴他我需要單獨見您，那樣，您看完病以後，只需要和他寒喧幾句就行了……您忘了回答我藥片和打針的事。

醫生撕掉信，將碎片扔了，接著他又跪下將它們拾起來，費勁地站起來。他無法忍受和拉魯塞爾接近，難道她不知道嗎？那個人身上的一切無不使他憎惡啊！他和巴斯克是一類人……染色的小鬍子，突出的、厚厚的下嘴唇，下垂的臉頰，寬肩闊背，這一切都流露出一種始終不渝的自鳴得意之情。在外套下面他那雙肥大的大腿體現出無限的滿足。正因為拉魯塞爾用最卑鄙的辦法欺騙瑪麗亞・克羅絲，波爾多的人都說「他拿瑪麗亞裝裝門面」，大概只有醫生一個人知道，瑪麗亞一直使這個波爾多的大人物著迷，同時也使他暗中遭到失敗，他為此十分氣惱。不過他畢竟買下了她，只有他一人佔有她，這個傻瓜！要是沒有兒子，他在妻子死後，當初也許會娶瑪麗亞・克羅絲的。兒子是拉魯塞爾公司唯一的繼承人，由一大群保姆、家庭教師和神父照料，以迎接未來那至高無上的命運。讓孩子和這樣一個女人接觸，這是不可能的，讓一門不體面的婚事來玷污孩子的家姓，這也是不可能的。巴斯克非常推崇本城的名門望族，他常常說：「你要我怎麼說呢，父親？我覺得他這種感情是非常高貴的。拉魯塞爾出身名門，在什麼事情上他都瀟灑漂亮，這是位紳士，我堅持我的看法。」

瑪麗亞明知醫生討厭這個人，怎麼敢恰恰挑這個時刻讓他去呢？他肯定會迎面撞上他所唾棄的對象。他甚至想，她也許故意讓他們見面，好甩掉他吧。在好幾個星期裏，他寫一封又一封最憤怒、最瘋狂的信，寫完又撕掉，最後他寫了一封簡短而冷淡的信，信裏說，既然她不願意在家裏待一個下午，那大概是她的身體非常好，不需要他去看病了。她立刻回了信，滿滿四頁紙盡是道歉和表白的詞句，而且告訴他第三天，也就是星期天，她整天都等著他。

「拉魯塞爾先生將去看鬥牛，他知道我不愛這種場景。您來我這裏吃點心，我等您到五點半鐘。」

醫生從未從她那裏收到這樣的一封信，它沒有高貴的詞藻，也與健康和治療毫不相干。他看了好幾遍，而且時時在口袋裏摸著它，他相信這次見面會和以前不同，他有機會表白愛情了。可是，這位科學家曾經多次注意到自己的預感往往不能實現，他對自己說：「不，不，這不是預感……在我這種期待中，沒有一點不是合乎邏輯的……我給她寫了一封惱恨的信，而她作了友好的回答，因此，這就得看我的了，我一開口就要使談話顯得比較親密、知心……」

在坐車從實驗室去醫院的路上，他也在想像這次見面，不厭其煩地自問自答。

他屬於那類富於想像力的人，他們不讀小說，因爲他們覺得任何故事都比他們所撰寫的、並在其中扮演主角的故事大大地遜色。一寫好處方，他不等走下病患家的樓梯，便又回到想像裏去了，就好像一頭狗又扒出它早先埋下的骨頭，這些想像有時使他害臊，但卻給這個靦腆的人帶來以威力無比的意志去降伏人與物那種歡樂。在精神範疇內，這個謹愼微小的人毫無顧忌，毫不猶豫地進行恐怖的屠殺——甚至幻想把全家人都消滅掉，好爲自己創造另一種生活。

在和瑪麗亞·克羅絲見面以前的那兩天裏，如果說他沒想到要排除這類念頭的話，那是因爲，在他爲了自娛而臆想的情節中，根本不需要消滅任何人，而只是簡簡單單地和妻子決裂，就像一位同事那樣；決裂沒有任何其他理由，只是因爲他和她生活在一起感到沉悶，厭煩。他五十二歲，還來得及過幾年幸福的日子，這種幸福也許會被內疚所破壞，可是，即使是歡樂的幻影，他這個虛度一生的人，又爲什麼要拒絕呢？他的在場甚至不能使那位最尖刻的妻子感到快樂……女兒，兒子？長久以來，他對他們的愛不再抱任何幻想，孩子們的感情，啊！瑪德蘭一訂婚，他就明白孩子們的感情值多少錢，至於雷蒙，這個無法接近的人不值得他去獻身。

醫生感到他藉以自娛的這番想像和他一貫的幻想不太一樣。即使當他把全家人一下子消滅光，他大概也只是感到可恥，而從不後悔，或者說感到有點可笑，因爲這只是表面的遊戲，並不觸及他內心深處。不，他從未想到他會成爲怪物，他認爲自己和別人一樣，依他看，所有的人，當他們脫離他人的控制而面對自身時，都是些瘋子。

可是，在盼望這個星期日的那四十八小時裏，他覺自己正使出全部力量來抓住一個夢想，而且這個夢想正變爲希望。他和這個女人即將進行的那番談話，已經在他心中響起來了。因此他無法想像，除了他所臆想的話語以外，還會有什麼別的話語從他們嘴裏說出來。他不斷對情節概要加以修改，而主要內容包含在這番對話中：

「我們兩人都走進了死胡同，瑪麗亞。我們沒有別的辦法，或是碰壁死去，或是往回走活下去。你不會愛我的，你從來沒有愛過人。你只有把自己全部交給這個唯一能夠全心全意愛你而毫無所求的男人。」

在這裏，他彷彿聽見瑪麗亞不同意地說：

「您瘋了！您的妻子呢？您的孩子呢？」

「他們不需要我。一個被活埋的人，只要有點力氣，是有權推開壓得他喘不過氣來的石頭的。你不知道將我和這個女人、女兒和兒子隔絕開的是多麼寬闊的荒漠。我對他們講的話甚至傳不到他們那裏。動物長大以後，就被老的趕走，而且，雄性還往往不承認自己的骨肉。職能消失以後，感情依然不變，這是人的發明。基督是了解這一點的，所以他要人們愛他甚於愛天下父母，而且他誇耀自己來到人間正是要使夫妻分離，使孩子和生育他們的父母分離。」

「您這不是自稱天主吧？」

「在你眼中，我不就是他的形象嗎？你對某種美德的愛好，不正是我教給你的嗎？」（想到這裏，醫生停住了，「不，不，別扯到玄學上去！」）

「那您的地位，您的病人呢？您作為善人的全部生活……想想這會引起議論紛紛……」

「我死了，人家也會照樣活下去。有誰是必不可少的？是的，這確實牽涉到死的問題，瑪麗亞，對這個可憐的閉塞而操勞的生活來說，我是死去了，然後與你一起重生，我妻子保留屬於她的財產。我養活你毫無問題：有人請我去阿爾及爾教書，還有人請我去聖地亞哥……我把積攢到現在的那點錢留給孩子們……」

想像中的場景進行到這裏，馬車在醫院門口前停住了；醫生邁進門，仍然心不在焉，那眼神彷彿是剛剛從一個他自己也莫名其妙的魔法中醒過來。一看完病他便回到夢中，他充滿一種隱秘的貪婪，自言自語說：「我是瘋子……可是……」在他的同事中，他知道確實有人實現了這美妙的夢幻。的確，那些人的生活亂糟糟，因此輿論並不認爲他們的醜聞很突然，而庫雷熱大夫，全城一向稱他爲聖人。怎麼？正是由於他竊取了這個聲譽，所以，卸掉這個他所不配的負擔才是如釋重負！啊！他終於被人瞧不起了！這樣他便可以對瑪麗亞·克羅絲說些別的話，而不是勸她行善啦，進行教誨開導啦；他將是一個男人，他愛一個女人並且粗暴地征服她。

這個星期日的太陽終於升起。在星期日，醫生一向只去看非看不可的病人，而不去他設在城裏的診所，那裏總是擠滿了病人，而他每星期只去看三次病。他很討厭這個全部被辦公室佔用的樓房底層上的那間診所，他說他在那裏既看不了書，也寫不了字。好比在盧爾德③的教堂裏，最不起眼的還願物都有一席地位，這裏，在這四堵牆壁之間，也集中了感恩戴德的病人送給醫生的贈品，銅製藝術品啦，奧地利的陶土器皿啦，用石粉壓縮成的愛神啦，本色瓷器啦，溫度計——日曆啦，他最初覺得十分討厭，而現在卻對這個驚悚博物館具有好感，而且每當他收到一個醜得出奇的「藝術品」時，他就興高采烈。「千萬別送古代的！」那些一心想討好他的病人們彼此說。

在這個他認爲和瑪麗亞·克羅絲見面會改變自己的命運的星期天，他答應在三點鐘左右在診所裏接待一位實業家，這是位神精衰弱患者，他平日連一小時的空閒也沒有，醫生只好同意，這樣一來，一吃過午飯，醫生便可以出門了，可以利用在他熱切期待和害怕的時刻到來以前的最後的時光。他沒有乘自己的馬車，也沒有試圖登上擁擠的電車；一串串的人攀在電車的踏板上，因爲今天有橄欖球賽，而且又舉行今年的首次鬥牛，紅黃兩色的廣告上印著十分醒目的名字——阿爾加貝諾，富恩特斯。鬥牛在四點鐘開始，在商店關門因而顯得沒有生氣的星期日的街道上，人群已經朝鬥牛場湧去了。年輕人戴著有彩色飾帶的草帽和他們認爲是西班牙式樣的淺灰色毛氈牛仔帽。他們在煙草的雲霧中嬉笑。咖啡店裏苦艾酒的清涼氣味一直蔓延到馬路中間。在醫生的記憶中，他從未在人群中這樣地漫步；除了消磨時間，捱到那個時刻以外，他別無其他念頭。對這個勞累過度的人說，如此的閒散顯得多麼古怪！他閒不住，竭力想那個已經開始的實驗，但是在他的腦海裏，他只看到躺著看書的瑪麗亞．克羅絲。

突然間陽光消失了，人們不安地瞧著天上一大塊沉甸甸的烏雲。有人說已經感到了雨點，但陽光又重新傾瀉下來。不，在最後一頭牛沒有結束痛苦以前，雷雨是不會發作的。

醫生想，事情也許不會完全按他的想像發生，但是有一點確定無疑，像數學一樣確定無疑，那就是當他離開瑪麗亞．克羅絲時，他肯定向她傾吐了心中的秘密，問題將終於提了出來！兩點半鐘……在去診所以前，還得消磨一小時。他摸摸口袋裏那把實驗室的鑰匙。不，他一到實驗室就該走了。人群騷動，彷彿吹過了一股勁風。有人在喊：「他們在那兒！」在由骯髒而自豪的車夫駕駛的幾輛破舊的敞篷馬車上，出現了光彩奪目的鬥牛士和他們那一班人馬。醫生感到驚奇，在這些冷酷的瘦臉上，沒有任何卑鄙的東西，他們好比是一群披紅戴金，披紫戴銀的古怪的神父。一片陰雲又遮住了陽光，他們仰起瘦削的臉瞧著變得晦暗的藍天。醫生穿過人群，現在他走在無人的窄街上。他的診所裏有一股地窖的涼氣，陶土和大理石做的女人在孔雀石支柱上微笑。舊式掛鐘比仿制德爾夫特④的小座鐘走得慢，座鐘放在那張大桌子中央，一個「現代風格」的女人屁股坐在一塊水晶玻璃上，壓著紙張。這些形象彷彿在齊聲合唱，唱的是他剛才在城裏的大街小巷裏所看到的一份雜誌的標題：「只有這個呱呱叫！」就連那個仿銅品——鼻尖對著母牛的公牛也在這樣唱。醫生對他的收藏品讚賞地掃了一眼，喃喃說：「人類最卑下的時期。」他推開窗，一線陽光照出了灰塵。他穿過房間，一面搓著手說：「我不要開場白，第一句話我就說我多麼沮喪，因爲我原來以爲她不想再見我了。她會感到驚奇，於是我說我的生活中不能沒有她，於是，也許……也許……」

他聽見門鈴響，親自去開門，把病人引進來。啊！這個人不會打斷他的幻想，他可以讓病人說個痛快，而這位神精衰弱患者似乎只要求大夫耐心聽他，別無所求。也許他對大夫們有一種神秘主義的看法，對他們無話不談，將最隱密的傷疤給他們看。醫生的思想又回到了瑪麗亞・克羅絲身上。「我是人，瑪麗亞，和旁人一樣有血有肉的、可憐的男人。沒有幸福就不能生活，這一點，我覺悟得太晚了，不過也不算太晚，你還可以答應跟我走吧？」病人說完了，醫生擺出那種受人稱道的尊嚴高貴的神氣說：「首先您得相信自己的毅力。如果您認為自己無法解脫，那我也幫不了您的忙，我們的全部醫術對錯誤的想法是毫無功效的。如果您認為自己是遺傳性的無能為力的犧牲品，那我又能做什麼呢？在進一步治療以前，我要求您有信心，您得相信自己有力量來制服您身上那些野獸，它們並不是您自己。」

病人激動地打斷了醫生，醫生已經站了起來，走近窗子，假裝從半掩的百葉窗中窺視外面空寂的街道。對他身上所殘存的這些謊言，他感到厭惡已極，它們只符合一種已經死去的信念。一個星球湮滅了好幾個世紀，而其光芒至今可見；他的信念也早已消逝，但其回音仍縈繞在他的周圍的人們的耳邊。他又回到桌前，看到德爾夫特的小座鐘正指著四點，便遣走了病人。

「我有足夠的時間。」醫生想道，一面幾乎在人行道上跑起來。來到戲劇院廣場時，他看到從電影院裏湧出來的人群圍著電車。連一輛出租馬車也沒有。他只好排隊，一面不停地看錶，他一向坐自己的車，所以時間沒有估計好。他盡量安慰自己，在最壞的情況下，他也只會遲到半小時。對大夫來說這算不了什麼。瑪麗亞以往是一直等著他的……是的，不過她在信裏寫著：一直到五點半……已經五點鐘了！「哎！喂！別這麼擠，好不好！」一位矮胖的太太生氣地對他嚷道，她的帽翎擦得他的鼻子發癢。在這擁擠不堪，悶熱已極的電車裏，他後悔穿上了禮服，他流著汗，害怕把臉弄髒，害怕發出汗味。

他在塔朗斯教堂前面下車時，還沒有敲過六點鐘。他先是慢步走，後來便焦急不安地跑了起來，雖然他覺得心臟不大舒服。一塊雨雲使天空暗了下來。此刻，在陰暗的天空下，最後一頭公牛大概正在流血。在小花園的棚欄之間，滿是塵土的丁香樹的枝條像手掌一樣伸著等待雨水。醫生在溫暖而稀疏的雨點下朝著那個女人奔跑，他已經看見她躺在長椅上，她的眼睛並不立刻從翻開的書本上抬起來……可是，當他快到鐵柵門的時候，突然他看見她正要出門。他們站住了，她氣喘吁吁，也像他一樣跑過步。

她用一種難以覺察的氣惱的聲調說：

「我寫的是：五點半鐘。」

他用敏銳的眼光打量她：

「你不穿喪服了。」

她瞧瞧自己的夏衣，回答說：

「淡紫色不是半喪服嗎？」

一切已經和他的想像多麼不同呀！巨大的怯弱之感使他說出：

「既然你以爲我不會來，既然也許有人在別處等你，那我們下次再談吧。」

她用最激烈的語調說：

「誰會等我？您眞怪，大夫。」

她回頭往家裏走，他跟在後面，那淡紫色的塔夫綢裙在塵土裏拖著；她低著頭，他看到她的後頸。她在想，她約醫生星期日來，是因爲她確信那個陌生的孩子在星期日是不會乘六點鐘的電車的。可是，既然醫生沒有在約定的時間來，她又滿懷歡樂和希望，想去碰碰運氣：

「他爲了見我而乘往常的這趟車，哪怕這只有千分之一的可能性……啊！別放棄這種愉快……」可惜！她永遠也不會知道，在這一天，當那個陌生的孩子在六點鐘的電車上沒有看見她時是否感到難受。沉重的雨點濺落在台階上，她匆匆登上台階，聽見老頭子在身後喘氣。啊！這些人多麼討厭，我們的心對他們絲毫不感興趣，他們看中了我們，而我們並沒有看中他們！他們與我們毫不相干，我們根本不想知道他們任何事，他們的死活對我們無足輕重……然而，我們的生活中卻充斥著這種人。

他們穿過飯廳，她推開客廳的百葉窗，脫下帽子躺下，對他微笑，而他正拚命搜索準備好的辭句中的片言隻語。她說：

「您在喘氣……我讓您走得太快了，」

「我還不至於這麼老吧。」

他像往常一樣抬起眼睛，瞧著長椅上面的玻璃鏡。怎麼，他至今還不認識自己？爲什麼每次他都感到心中緊拮，都感到這種痛心的驚愕，難道他還期望青春向他微笑？這時他已經問起她來：「身體怎麼樣？」那語氣正是他每回和瑪麗亞・克羅絲說話時用的那種稍稍嚴肅的父親的語氣。她從來沒有感到這麼健康，她對醫生說這句話的時候覺得很高興，這便減輕了她的失望情緒。不，今天是星期日，陌生的孩子是不會乘電車的。可是明天，明天他一定會在那裏一於是她整個身心嚮往著未來的歡樂，嚮往著這個希望，這個日日幻滅而又復甦的希望，她希望也許會發生新的事，希望他最終和她談話。

「你可以停止打針了，沒有什麼關係……」（他瞧著鏡中那把稀疏的鬍子和貧瘠的前額，記起了他準備好的那番熾熱的語言。）

「我睡得很好，也不煩躁了，您能想像嗎，大夫？不過，我什麼書也不想看。我是看不完《斯巴達遊記》⑤了，您可以把書拿走。」

「你仍然和誰都不來往？」

「您想我這人會降格和那些先生們的情婦來往嗎？直到今天，我還像避瘟疫似的躲著他們。像我這種人在波爾多是獨一無二的，這個您也知道；我不能和任何人來往。」

是的，她常常這樣說，但這是在埋怨，她從來沒有像今天那樣安詳和快樂。醫生看到這長長的火苗不再是伸向上天，不再是白白地燃燒，它已經在地上找到一個他所不知道的燃料。他情不自禁地用挑釁的語調說，如果她不和女士們來往，大概有時和先生們來往吧。他感覺臉上發紅，隱約意識到談話可能朝著他所熱切盼望的方向發展，果然，瑪麗亞笑著問道：

「啊！大夫，您嫉妒了？瞧您對我打破了醋罐子！不……，您放心，我是開玩笑的。」她馬上又接著說：「我知道您是什麼人。」

顯然，她確實是開玩笑，她絕不會想到醫生會產生這種性質的感情。她不安地注視著他：

「我沒有傷害您吧？」

「不，瑪麗亞，你傷害了我。」

但是她不明白他指的是那種創傷，她申辯說她尊敬他，崇拜他。難道他不是對她屈尊下就嗎？難道他不是有時想把她提到他那個高度嗎？她用虛假的舉動來陪襯同樣虛假的話語，她抓住醫生的手，湊到唇邊。他猛然抽回手去。瑪麗亞·克羅絲大爲不快，她站起來走到窗口，瞧著被淹在雨水中的花園。醫生也站了起來。她沒有轉身，說道：

「等暴風雨停了您再走。」

他在幽暗的客廳裏一直站著。作爲一個辦事有條不紊的人，他利用這嚴酷的時刻從心頭拔去一切慾念，一切希望，是的，一切都完了。與這個女人有關的一切再也不與他相干了，他已經退出混戰。他用手在空中作了一個清除的姿勢。瑪麗亞．轉過身來對他喊道：

「不下雨了。」

他仍然呆著不動，於是她又說她並不想趕他走，可是最好別錯過這個暫晴的間隙。她遞給他一把傘，他先接在手裏，後來又拒絕了，因爲他恨自己有這個念頭：「將來得把傘送回來，這是再來這裏的藉口。」

他不痛苦；他欣賞接近尾聲的暴雨，想到他自己，或者說，想到他自己身上的那一部份，彷彿這是一位朋友，人們想到他不再痛苦而接受了他的死亡。這場遊戲玩過了，輸了，何必再去想呢。從此以後他眼中只有自己的工作。昨天，他接到實驗室的電話，說那隻狗在取出胰腺以後死了。羅班松還能去警察局的待領場再領一隻嗎？一輛輛車從他面前駛過，上面擠滿了疲乏不堪而哼哼唱唱的人們，他很高興在這個四處是丁香花的郊區走一走，在暴雨過後，在這個黃昏時分，那裏散發出眞正的農村氣息。痛苦結束了，像瘋子一樣去撞囚室牆壁的舉動結束了。他從孩童時期就具有那種無所不能的力量，在和許多人的接觸中曾經被播撒在他身外，而現在，他要將它收回，將它埋藏在內心最深處，徹底地放棄。儘管有廣告牌，有閃爍發光的鐵軌，儘管有在車把上繫著一把凋謝的丁香花的、俯身騎車的人，郊區變成了農村，酒吧間變成了客棧，那裏即將擠滿趁著月光重新上路的趕騾人，他們將乘騾車走一整夜，他們像死人一樣，仰面朝著星星，躺在騾車上。在房屋門口，一些已經成為農民的孩子正逗著麻木的鰓角金龜玩。不要再去撞牆。他在這沉悶的博鬥中去消耗精力，已經有多少年了？他還記得有一個開學的早晨（差不多半個世紀以前），他在母親床前哭泣，而她大聲說：「你哭鼻子不害臊呀！小懶鬼，小傻瓜！」她不知道他不是為了別的，只是因為離開她而感到絕望，而從那以後……他又作了一個推開、騰清地盤的手勢，自言自語說：「得了，明天早上……」他把日常的操心事往自己身上注射，彷彿在打嗎啡針：那條狗死了……一切得從頭來。可是到現在為止，他早應該記錄下足夠的現象來證明自己的假設。浪費了多少光陰？多麼可恥！他哪裏想到自己在實驗室的每一舉動都與人類有關，而他卻浪費了這麼多時光！科學要求我們滿腔熱情地為它服務，它不容許我們分心：「啊，我將永遠只是半個學者。」他在樹枝之間似乎看見一團火光，這是正在升起的月亮。樹木出現了，它掩蔽著那座房子，而他有權稱爲「我家」的那些人正聚集在那裏。他已經有多少次背棄了自己的誓言？這天晚上，他又在心中重複說：「從今晚起，我要使露西幸福。」於是他加快步伐，他急於向自己證明，他這一次會堅定不移。他願意回憶他們的初次見面，那是在二十五年前，在阿卡雄的一座花園裏，見面是由他的一位同事安排的。然而在他腦海中出現的卻不是遙遠年代的那位未婚妻，不是那張模糊發黃的照片，他看到的是一位穿著半喪服的年輕女人，她見他遠去十分高興，她急忙朝另一個人奔去……心懸的這個人？醫生感到一陣劇痛，站住一會兒，繼而突然奔跑起來，好和瑪麗亞·克羅絲所愛的人離得遠遠的；而他確實感到痛苦有所緩和，他哪裏想得到，他每走一步，都離他不知名的情敵更近一步……然而正是在這天晚上，他剛走進飯廳，雷蒙和姐夫正在爭吵的時候，他突然意識到，他生出來的這個陌生人正處在開花時節，正處在突如其來的春天裏。

大家都離開了飯桌。孩子們把前額伸到大人們漫不經心的嘴唇前。他們在母親，外祖母和曾祖母的陪同下回到睡房。雷蒙走近落地玻璃窗。醫生看到雷蒙的舉動，十分驚訝：雷蒙從一個皮煙盒裏取出一支香煙，將它磕緊然後點燃，他的鈕扣眼上揮著一枝玫瑰花蕾，褲子上的褶紋筆挺。醫生想道：「眞奇怪，他多麼像我那可憐的爸爸……」是的，他確實像那位外科醫生……一直到七十歲，外科醫生還仍然把行醫所得的財產揮霍在女人身上。他是第一個將滅菌法的好處介紹到波爾多來的人；他從來沒有注意過自己的兒子，彷彿記不清兒子叫什麼，所以管他叫「孩子」。有天晚上，一個女人把他送回家來，他的嘴歪著，淌著口水。他的手錶，皮包，還有小拇指上的那個鑽石戒指都不見了。「從他那裏，我只繼承了一顆有激情的心，而沒有繼承那種討人喜愛的本事……這得瞧他的孩子。」

醫生看著面朝花園的雷蒙，這個人是他的兒子。在這激動的一天以後，他眞想說說知心話，或者說流露出一點溫情，問他的孩子：「爲什麼我們彼此從來不談心？你認爲我不會理解你，難道父子之間這麼遙遠？父子相差二十五歲，這又算得了什麼？我的心和二十歲時一樣，而你是我生的，很可能我們會有共同的愛好、厭惡、慾望……我們中間的沉默，將由誰來首先打破呢？」男人和女人，不管他們相距多麼遙遠，在擁抱中就合在一起了。甚至一位母親也可以把長大成人的兒子的頭拉到懷中，親吻他的頭髮，可是，父親卻一籌莫展，除非像庫雷熱醫生那樣將手搭在雷蒙肩上，雷蒙震動了一下轉過身來，父親避開眼去，問道：

「還在下雨嗎？」

雷蒙站在窗口，往黑夜裏伸出手臂說：

「不，不下了。」

他頭也不回地又說了一句：「晚安……」他的腳步聲逐漸消失了。

庫雷熱太太愣住了，因爲她丈夫約她去花園走一走，她說她去取披巾。他聽見她上樓，然後又一反常態地、急衝衝地走下來。

「挽住我的胳膊，露西，月亮被遮住了，什麼也看不見……」

「可是小徑是白色的。」

她稍稍倚著他，他注意到露西的肉體發出往日的氣味，那時他們是未婚夫妻，在六月份那長長的夜晚，他們久久地坐在長椅上……這個肉體和黑暗的氣息正是他未婚期間的芳香。

他問她到是否注意到兒子身上的巨大變化。不，她覺得兒子仍然陰鬱、愛發脾氣、執拗。他強調說雷蒙現在不那麼任性了，他有更大的自制力，比方說，他更留意自己的衣著。

「啊！對了，既然談起這個，茱莉昨天還在嘮叨說雷蒙要她每星期給他燙兩次褲子。」

「你得想法勸勸茱莉，她是看著雷蒙生下來的……」

「茱莉忠心耿耿，不過忠心也有個限度。不管瑪德蘭怎麼說，她的佣人什麼都不幹。茱莉脾氣不好，這我承認，可是我理解她爲什麼發火，因爲她得擦小樓梯和一部份大樓梯。」

一隻吝嗇的夜鶯只叫了三聲，他們穿過一棵山楂樹的苦杏的芳香氣息。醫生又低聲說：

「我們的小雷蒙……」

「我們是找不到能替代茱莉的人的，這一點可別忘了。你會說茱莉把所有的廚娘都氣走了，不過往往是她在理……比方說萊奧妮……」

他無可奈何地問道：

「那個萊奧妮？」

「你知道的，那個胖子……不，不是上一個……只待了三個月的那個；她不願意收拾飯廳。可這不該由茱莉幹呀……」

他說：「現在的佣人和以前不一樣了。」

他感到胸中的潮水又落了下去，傾訴衷腸、表白、信賴、眼淚，這一切隨著退潮一起消失了。

「我們最好還是回屋去……」

「瑪德蘭老說廚娘不聽話，可這不能怪茱莉呀！那個女孩子要求加工錢，在這裏不如城裏的油水大，儘管我們大批大批地買食品，要是沒有這個，她們在這裏是待不住的。」

「我進屋去了。」

「這麼快？」

她感到自己使他掃興，她應該等一等，讓他先說，她囁嚅地說：

「我們很少談心……」

在她不由自主地堆積起來的那些毫無價值的話語之外，在她那庸俗談吐逐日耐心建成的高牆之外，露西．庫雷熱聽到了被活埋者窒息的呼喚。是的，她好似聽見被埋在地下的礦工的呼聲，在她心中，在多麼深的深處，有一個聲音與它呼應，一種柔情在起伏。

她把頭靠在丈夫肩上，感到他的身體在收縮，他的面孔毫無表情，她抬起頭看著房子，脫口說道：

「你又忘了關房間的電燈。」

話剛出口，她就後悔莫及。他快步離她遠去，迅速地登上台階，客廳裏沒有人，他輕鬆地舒了一口氣，他可以不見到任何人就回到書房。到了那裏，他在桌前坐下來，用兩隻手摸著疲乏不堪的面孔，然後做了一個推開的手勢……那條狗死了，這是件麻煩事，再弄一條狗來可不是那麼容易。不過，從另一方面來說，他被這些荒唐事分了心，沒有密切關心工作。「我太依靠羅班松了……他準是把最後一次注射的時間弄錯了。乾脆再從頭來……以後只讓羅班松給狗量量體溫，收集和分析小便，這就蠻不錯了。」

①莫里斯·梅特林克（一八六二～一九四九）比利時作家。
②帕斯卡爾（一六二三～一六六二），法國哲學家、作家。
③法國西南部朝聖名地。
④德爾夫特，荷蘭城市，以陶瓷、玻璃等工業品著稱。
⑤法國作家莫里斯，巴雷斯（一八六二～一九二三）的作品，記述他於一九〇〇年的希臘之行。

6

電流的中斷使電車都停住了，它們一動不動地排在大馬路上，像一串小毛蟲。這件意外事故終於使雷蒙・庫雷熱和瑪麗亞・克羅絲彼此打招呼。昨天星期日，他們沒有見面，兩人都憂心忡忡地害怕再也見不著了，所以每個人都下決心要邁出第一步。可是，在她眼中，他是一個爲了一點小事就會產生反感的、老老實實的學生。而他哩，他怎麼敢和女人說話？透過人群，他感到她在那裡，雖然她這是頭一次穿上淺色的裙衣，而她，雖然有點近視，老遠就認出他來。因爲這一天舉行儀式，他穿上了中學制服，他沒有繫上斗篷，而是漫不經心地將它披在肩上（爲了模仿海軍衛生學校的學生）。有些乘客上了電車，下決心等著，還有一群群的人走開了。雷蒙和瑪麗亞・在電車踏板旁邊相遇。她不瞧他，用彷彿不是對他講的低聲說道：

「反正，我不用走太遠……」

他稍稍偏過頭去，滿面通紅：

「步行這麼一次也是件愉快的事。」

於是，她大膽地盯著這張她從未就近看過的面孔：

「既然我們總是同車回家，還是保持這個習慣吧。」

最初，他們默默無語地走了幾步。她偷眼瞧著這張發紅的面頰，這副被刮鬍刀弄出血來的嫩嫩的皮肉。他用一種稚氣未減的舉動，兩手將一個塞滿書籍的、用舊的書包托在腰上。於是一個念頭扎進了她的腦子：他幾乎還是個孩子。她為此感到一種朦朧的激動，這其中包含著不安、羞愧和快樂。他感到靦腆羞澀，動彈不得，就好像他以前覺得要走進一家店鋪簡直要超人的毅力；他吃驚地看到自己比她高；淡紫色的草帽幾乎遮住了她整個面孔，但是他看見赤裸的脖子和從裙衣中稍露出來的肩頭。他突然感到恐懼，唯恐找不出一句話來打破沉默，唯恐浪費了這個時機：

「是呀，你住得不遠……」

「是的，塔朗斯教堂離大馬路只有十分鐘的路。」

他從衣袋裏掏出一條有墨漬的手絹擦額頭，發現了墨漬，將手絹藏了起來。

「可是你，先生，你也許得走很遠……」

「啊不！過了教堂不遠我就下車。」

接著他又很快地說：

「我是庫雷熱的兒子。」

「大夫的兒子？」
他熱情地說：
「他是有名人物，是吧？」
她抬頭看他，他發現她臉色發白。她說：
「人生何處不相逢，確實……你千萬別對他提起我。」
「我從來不對他說什麼，何況我也不知道你是誰。」
「你不知道就最好。」
她又一次久久地看著他：醫生的兒子！這只能是一個十分天眞而虔誠的中學生。等他知道她的姓名以後，他會厭惡得逃掉的。他怎麼能夠不知道她呢？小貝爾特朗．拉魯塞爾在去年以前也是上同一所中學……瑪麗亞．克羅絲在那裏一定很出名……與其說出於好奇，還不如說出於對沉默的恐懼，他又說道：
「不，不，告訴我你的名字……我的名字已經告訴你了。」
在一家店鋪門口，橫面射來的光線照著一竹筐柑桔。花園都彷彿被灰塵糊住了，一座橋橫在鐵道上，這條鐵路從前使雷蒙很激動，因爲上面的火車駛向西班牙。瑪麗亞·克羅絲想道：「說出我的姓名，也許會失去他……不過，難道我沒有責任讓他離開我嗎？」她的確很難受，但也感到一種隱約的滿足，她喃喃地說：「眞是悲劇……」

「當你知道我是誰的時候……」她不由得想起普賽克①的神話，想起洛恩格林②。

他大聲笑起來，接著又眞心誠意地說：

「我們還會在車上相遇……你沒有發覺我特意乘六點鐘那班車……沒有？別開玩笑，你知道，哪怕我來得早，能趕上六點差一刻的車……不過，爲了你，我故意放過那趟車。就在昨天，我看到第四頭牛倒下就出來了，唯恐錯過了你，可你恰恰不在車上，洛恩特斯的最後一場據說漂亮極了。現在我們交談了，還會有什麼關係呢，你叫什麼名字？以前，我什麼都不在乎……可是自從我知道你在盯著我……」

要是換了另一個人，瑪麗亞會覺得這種語言俗不可耐，可是現在她卻在其中嚐到一種酸澀的美果，後來，她每次路過這裏，都回憶起這個中學生的拙劣話語在她心中所引發的感情、柔情、幸福……。

「你無論如何得告訴我你的名字……再說，我只要問爸爸就知道了。這再便當不過：在塔朗斯教堂前下車的那位女士。」

「我告訴你我的名字，可是你要發誓，永遠別對大夫提起我。」

現在，她猜想，他聽了她的名字以後是不會走開的，可是她仍然裝出面臨危險的樣子。「一切聽天由命吧。」她心裏想，實際上她對勝利蠻有把握。快到教堂了，她要他獨自先走：因爲商人們會認出她來，會有風言風語。

「好的，不過你得先告訴我……」

她不瞧他，迅速地說：

「瑪麗亞．克羅絲。」

「瑪麗亞．克羅絲？」

她用陽傘在地上戳洞，很快又加了一句：

「你將來會了解我……」

他迷惑地瞧著她：

「瑪麗亞．克羅絲。」

就是這個女人；有一年夏天，他看完鬥牛出來，在圖爾尼林蔭道上聽見有人輕聲提到她的名字……她正乘著兩匹馬拉的敞篷車駛過去……他身旁有人說：「這些女人呀，真是的！」突然他又記起了那段時期，那時每到四點鐘他就得離開學校去進行淋浴療法。在路上他趕過了年輕的貝爾特朗．拉魯塞爾，那孩子已經十分傲慢，長長的腿上裏著淡紫色的皮護腿套。陪伴他的有時是一位僕人，有時是一位戴著黑手套、穿著高領的神父！在「大班」的孩子中，要數雷蒙最使「中班」的孩子望而生畏了。虔誠而純潔的貝爾特朗見他從身邊走過去，死死盯著這個「壞傢伙」，他沒有想到自己在壞傢伙眼中是個神秘的孩子。當時，維克多．拉魯塞爾太太還活著，而一些荒唐的謠言在城裏和中學傳開了，據說瑪麗亞．克羅絲要求情夫娶她，要求他把老婆孩子趕出去，另一些人說她在等拉魯塞爾太太患癌症死去，好在教堂舉行結婚儀式。有好幾次，雷蒙透過馬車的玻璃窗望見坐在貝爾特朗身邊的那個面無血色的母親；庫雷熱和巴斯克家的太太們常說：「她可受苦了！不過，在痛苦中她仍然多麼莊重！可以說她在塵世間就經受了煉獄……要是我呀，有這樣的男人，我要當面唾棄他，把他扔掉……」有一天，貝爾特朗．拉魯塞爾獨自出門，他聽見壞傢伙在背後吹口哨，便加快步伐，但是雷蒙也急步相隨，而且目不轉睛地盯著那件短外套和那頂十分漂亮的英國料子的鴨舌帽。凡是與這孩子有關的東西在他眼中都無比珍貴！小貝爾特朗跑了起來，一個本子從書包裏滑落，當他發現的時候，雷蒙已經檢了起來；孩子往回走，又氣又怕，臉色煞白；「還給我！」雷蒙冷笑一聲。輕身讀著封面上的字：日記本。

「這一定很有趣，小拉魯塞爾的日記……」

「還給我。」

雷蒙跑步穿過波爾多公園的大門，跑上一條僻靜的小徑，他聽見背後一個可憐的聲音在喘著粗氣：「還給我！我要告你了！」可是，壞傢伙躲在一叢樹後面，蔑視地瞧著下氣不接上氣的小拉魯塞爾，那孩子躺在草地上，大聲嗚咽地哭了起來。

「喂，這兒，你的本子……你的日記本……傻瓜！」

他把孩子扶起來，給他擦擦眼淚，撣撣英國外套上的灰土。這個粗魯的人突然之間變得多麼溫柔！小拉魯塞爾似乎有所感覺，對雷蒙微笑，可是雷蒙突然心血來潮，粗魯地說：

「喂，你有時見到瑪麗亞．克羅絲吧？」

貝爾特朗滿面通紅，拾起書包逃走了，而雷蒙也沒有想到要去追趕他。

瑪麗亞．克羅絲……現在是她在目不轉睛地盯著他……他原來以爲她更高，更神秘。這個穿淡紫色衣服的小個子女人就是瑪麗亞．克羅絲。她誤解了雷蒙的不安，囁嚅地說：

「你別以爲……千萬別以爲……」

在這位她認爲是天使般的法官面前，她顫抖。她不善於識別淫穢的年齡，她不知道春天往往是污泥的季節，不知道這個少年可能只是一堆污穢。她想像這個小伙子在鄙視她，她沒有勇氣忍受，用幾乎低低的聲音說了聲再見就跑開了，可是他趕了上來：

「明天晚上，好吧，還是那趟車？」

「你願意？」

她走遠了，兩次回過頭來看著一動不動的他，而他在想：「瑪麗亞．克羅絲看上我了。」他再重複一次，彷彿不敢相信自己的好運：「瑪麗亞．克羅絲看上我了。」

他呼吸著夜晚的空氣，彷彿宇宙的本質都融在其中，彷彿他自覺有能力把宇宙的本質吸進他那膨脹的身體裏。瑪麗亞・克羅絲看上了他……他要告訴同學嗎？不過誰也不會相信他的。這時密葉織成的厚厚的牢獄已經出現在他眼前，在那裏，同一個家庭的成員們像銀河系的各個星體一樣，既生活在一起，又彼此隔離。啊，這個牢籠今晚容納不了他的驕傲。他繞過它，鑽進了一座松林的綠蔭裏，這是唯一一座沒有被圍住的樹林，叫做路坡樹林。他在那裏躺下來，土地比人的身體還暖和。松林針葉在他的手心留下了一道道凹痕。

他走進飯廳時，父親正在裁開一本雜誌的書頁，一面回答妻子的指責：

「我不是看，只是翻翻標題。」

除了祖母以外，似乎誰都沒有聽見雷蒙在問好。

「嗳！我的怪人來了……」

他從她椅旁走過，她截住他，拉到身邊：

「你有股松脂味。」

「我去過路坡樹林。」

她善意地打量他，用溫情的聲調輕聲罵道：「小壞蛋！」

他像狗一樣大聲喝著湯。所有這些人在他眼中都多麼微小！他在陽光下翺翔。只有父親與他比較接近，因爲他認識瑪麗亞．克羅絲，他去過她家，給她看過病，見過她躺在床上，還低頭靠在她的前胸和後背……瑪麗亞．克羅絲！瑪麗亞．克羅絲！這個名字像塊凝血堵住他的喉嚨，他嘴裏感到一種熱熱的，有點發鹹的甜味；終於這個名字像溫暖的水流脹滿了他的雙頰，噴射出來：

「我今晚見到了瑪麗亞．克羅絲。」

醫生立刻死死地盯著他，問道：

「你怎麼知道是她呢？」

「我和帕皮榮在一起，他認識她。」

「啊！啊！」巴斯克驚叫起來，「雷蒙臉紅了。」

一個小姑娘也學著說：

「是呀，是呀，雷蒙叔叔臉紅了。」

他咕噥著聳聳肩。父親轉過臉去又問道：

「她是一個人？」

雷蒙回答說：「一個人。」於是醫生又裁起書頁來。這時庫雷熱太太說道：

「眞奇怪，你們對這種女人那麼感興趣。看見她走過去，這有什麼了不起的。她當使女的時候，你們才不會瞧上一眼呢。」

醫生打斷她的話：

「可是她從來沒有當過使女呀？」

「再說，」瑪德蘭突如其來地大聲說，「就算當過也不是什麼不體面的事呀，這又沒什麼大不了的！」

女佣入剛剛端著菜走出去，瑪德蘭就尖刻地質問母親：

「你大概存心要使佣人不高興，存心要傷害她們吧。伊爾瑪恰恰十分敏感。」

「簡直不可想像……現在處處要講究方式……」

「你願意怎樣對待僕人，那隨你便，可是別把人家的僕人趕跑了……特別是你要他們伺候吃飯的時候……」

定不再乘用拉魯塞爾送給她的那輛馬車，她要像大家一樣乘電車……你笑什麼？我看不出有什麼可笑的……別這樣笑，叫人不舒服……後來她成了寡婦，帶著一個孩子，不得不去工作，你能想像出這位『知識分子』感到多麼拮据……不幸的是，她丈夫的一位朋友介紹她去拉魯塞爾公司當秘書。當時瑪麗亞沒有任何其他想法，可是，拉魯塞爾對雇員凶狠無情，而對她卻從未有過半點指責，儘管她總遲到，而且幹活不多；他這種態度就足以連累她，等到她發覺的時候，已經無法挽回了……在大家眼裏，她成了『老板的情婦』，而且他們敵視她，使她的處境無法維持下去。她把情況告訴了拉魯塞爾，那個人盼望的正是這個機會。他對少婦提出，在她沒有找到工作以前，她可以去給他看房子，房子在波爾多城郊，那一年他沒能租出去，也許是不願意租出去……。

「那麼她覺得這一切都清清白白。」

「當然不，她知道他不懷好意，但是，房租太貴，可憐的女人付不起，再說小弗朗索瓦得了腸炎，大夫認爲他必須住在鄉村。還有，她認爲自己已經受到很大的連累，她沒有勇氣拒絕這出乎意料的機會，於是她只好讓他逼著……」

「用詞恰當。」

「你不知道你說的是什麼人。她反抗了很長時間，可是怎樣呢？她不能禁止拉魯塞爾晚上請些客人去，她同意主持這些晚會，她確實軟弱、輕率，這點我承認。可是這些著名的星期二晚宴，這所謂的盛餞狂慾，我清楚是怎麼一回事……它們引起議論紛紛是因爲當時拉魯塞爾太太的健康惡化了。我可以向你發誓，瑪麗亞當時並不知道老板的妻子危在旦夕，她對我說：『我沒有感到在幹壞事，我什麼也沒有給拉魯塞爾先生，連親吻也沒有，什麼也沒有。爲那一桌傻瓜主持晚宴，這有什麼可以指責的？……當然，能在他們面前炫耀一番：我確實感到某種陶醉……我裝出知識分子的派頭，老板以我爲榮……他答應要照顧我的孩子……』」

「她居然讓你信以爲眞！」

可憐的父親多麼天眞！但是他尤其恨父親把瑪麗亞・克羅絲下降到正直而軟弱的小小教師的水平，這豈不貶低了他的戰利品？

「在拉魯塞爾妻子死後，她才順從了他，這是出於厭煩，出於一種絕望的冷漠，是的，這個詞十分恰當，這是她找到的，絕望的冷漠。她不抱任何幻想，她十分清醒，既不相信他那抱恨終身的鰥夫的姿態，也不相信他作出的有一天要娶她的泛泛諾言。她說他對這些先生們可熟悉了，不抱多少幻想。作爲情婦，她使他很體面，可是作爲妻子呢！你知道，拉魯塞爾小貝爾特朗上諾曼底中學，免得孩子哪一天路上他和瑪麗亞．克羅絲在一起。其實他把她當作娼妓一樣，他每天背著她和娼妓們鬼混。再說他們的肉體關係很少很少，這點我知道，我有把握，孩子，我可以保證，雖然拉魯塞爾對瑪麗亞著了迷，他可不是像波爾多人想的那樣，把她擺出來只是『裝裝門面』，只不過她拒絕他……」

「怎麼啦，瑪麗亞．克羅絲是位聖女嗎？」

他們彼此看不見，然而，儘管聲音很低，每個人都感到對方的敵意。瑪麗亞．克羅絲這個名字在剎那間曾使他們相聚，現在又使他們分離。男人抬起頭來看，少年低頭看地，生氣地用腳踢著一個松果。

「你以爲我傻……孩子，我們兩人中間，幼稚的是你。只相信邪惡，這就是不了解人。是的，你說得不錯，我知道瑪麗亞．克羅絲的苦難，在她身上的確藏著一位聖女……是的，也許，一位聖女……不過你是不會理解的。」

「你眞叫我好笑！」

「何況，你不了解她，你相信流言蜚語。而我了解她……」

「可是我……我自有我知道的事。」

「你知道什麼？」

醫生在被橡樹籠罩的小徑中央站住了。他抓住雷蒙的胳膊。

「放開我！瑪麗亞・克羅絲拒絕拉魯塞爾，就算是這樣吧……不過未必只有他一個人……」

「你撒謊！……」

雷蒙愣住了，喃喃說：「啊！嗯……怎麼……」他起了疑心，但它剛一產生便消失了，或者說沉睡了。他不能把愛情摻進父親的形象中去，誠然，這位父親使人惱火，但他立在半空，一直保持雷蒙幼年時所看到的形象：沒有情慾，沒有罪惡，對邪惡拒之千里，廉潔正直，比所有的男人都高尙。於是醫生作出超人的努力，用幾乎歡快的、嘲笑的語調說：

「是呀，你撒謊！你開玩笑，想讓我放棄幻想……」

雷蒙默不作聲，醫生又說：

「來，你講講。」

「我什麼也不知道。」

「你剛才還說，我自有我知道的事。」

雷蒙回答說他這是隨便說說，那聲調表明他決心沉默到底。醫生不再堅持。沒有辦法讓兒子了解他，但兒子還在那裏，在他身旁，他感到兒子身上的熱氣，一股小動物的氣味。

「我再待一會兒……你不再坐坐，雷蒙？現在總算有一絲風了。」

他說他想去睡覺。醫生聽見少年踢松果的聲音還響了片刻，然後他就獨自待在簇密下垂的樹葉下，聽著草原對上天發出的熱情而憂鬱的呼喚。他費了很大勁才站了起來。他書房的電燈還亮著：「露西以爲我還在工作……浪費了多少光陰！我五十二歲了，不，五十三歲，那個帕皮榮到底說了什麼閒話……」他用兩手摸著一株橡樹，他記得雷蒙和瑪德蘭曾經把他們的縮寫名字刻在橡樹上。突然，他兩臂抱住橡樹，閉上眼，將臉頰靠在光滑的樹皮上；接著，他又挺直身體，揮揮袖子上的塵土，摸索著整理領帶，朝屋子走去。

這時，在葡萄園的小徑上，雷蒙仍然踢著松果玩，他兩手插在褲兜裡，嘟嚕地說：「多麼輕信的人哪！這種人現在眞少見！」啊，他自己是能對付的，他不會輕信上當。他沒有想到要把自己的幸福延長到沉沉黑夜的盡頭。所有的星星對他毫無用處，洋槐樹的芳香也毫無用處。夏夜徒勞地撞擊著這個青春時期的雄性動物，它全副武裝，此刻對自己的力量確信無疑，對自己的身體確信無疑，而對身體所不能佔有的那些東西卻無動於衷。

① 古羅馬傳說中的美麗少女，因好奇與懷疑而犯罪，淪為奴隸，後為愛神救出，得到永生。神話象徵靈魂的純潔化和對理想的追求。

② 十三世紀德國傳奇故事中的人物。洛恩格林為上天派遣的神秘騎士，他拯救了艾克撒，並同意娶她為妻，條件是禁止她打聽他的來歷，德國作曲家華格納曾以此為題材創作歌劇《洛恩格林》。

7

工作，唯一的鴉片。醫生每天早上醒來時身體痊愈了，彷彿折磨他的病患已被切除，他一個人出門（在氣候宜人的季節，雷蒙不再乘家裏的車）。他的精神已經扎進了實驗室，而情慾只是使他隱約有所感覺的、痳木的痛處。如果願意，他完全可以使它重新疼痛，只要碰一下敏感的地方，他肯定會疼得叫起來。可是昨天，羅班松告訴他，他最珍愛的那個假設被事實推翻了，這樣一來，一系列的勞動可能化爲烏有。對於曾經在生物學會上批評他的所謂技術錯誤的某某來說，該是多麼大的勝利呀！

女人最大的苦難是，當她們受到隱秘敵人的折磨時，沒有什麼東西可以幫助她們分心。醫生忙於看顯微鏡，忘了自己，忘了世界，成爲自己的觀察對象的俘虜，成爲自己的擄獲物——被拘留的小狗——的俘虜，而此刻，瑪麗亞．克羅絲正躺在窗戶緊閉的屋子裏，等待著見面的唯一時刻，在她晦暗的一天中，這是轉瞬即逝的火花。可是就連這一時刻也多麼令人掃興！他們很快就不得不放棄同路去塔朗斯教堂這種做法。瑪麗亞．克羅絲去迎接雷蒙，在離中學不遠的波爾多公園的一條小徑上和他相見。他比頭一天更沉默，而他那多疑的笨拙更使瑪麗亞相信他是個孩子，雖然他的笑聲，影射，鬼祟的眼神本該引起她的警惕；可是她堅持相信她的天使。她小心翼翼地走近他，踮起腳，摒住氣，好似走近一隻純潔的野鳥。一切都加強了她心中這個虛假的形象，動不動就發紅的面頰，中學生的行話，還有像水氣一樣蒙著這個健壯身體的孩童的痕跡。她所害怕的東西其實在雷蒙身上並不存在，而她卻以爲看見了它。他那天眞的目光使她發抖，她責備自己引起了他惶惑不安。沒有任何跡象告訴她：其實他在她面前只想到要採取決策：要不要租一套帶家具的房間？帕皮榮知道一個地址……不過對這樣的女人來說，這地方差勁點。帕皮榮說在泰爾尼斯飯店，可以按天租房間，應該去打聽一下，可是雷蒙在飯店的辦事處前來回走了幾趟，始終沒有下決心走進去。他看到一困此難，幻想阻礙重重……。

瑪麗亞．克羅絲也想到把他拉到家中，但絕口不敢提。這個怕生的孩子，她的野鳥，她不願意玷污他，哪怕只是在思想上；她只是想像，在滿是幔帳掛毯的客廳裏，在沉睡的花園深處，他們的愛情將化爲語言，這場風暴將化爲雨水。也許他的頭會偎在她身上，除此之外，她沒有想任何其他的事。他將是一隻小鹿，由於她的照料，它對她熟悉了，她的手心上將感覺到它那溫暖的臉……她隱約看到一條長長的路，她只願意得到最近的、最貞潔的愛撫，而不願去想那些變得熾熱的階段，不願去想森林，在那裏，相愛的人們撥開樹枝消失在深處……不，不，他們不會走得那麼遠；她不會破壞這個孩子身上使她愛慕和懼怕得六神無主的東西。怎樣才能暗示他，而又不把他嚇跑呢？讓他明白這個星期裏他可以到滿是幔帳掛毯的客廳裏來，讓他明白應該利用拉魯塞爾先生去比利時兜一圈的這段時間？

在這天晚飯的飯桌上，醫生端詳雷蒙，瞧著他大聲喝湯；他看到的不是兒子，而是那個如此評論瑪麗亞的男人：「我自有我知道的事……」帕皮榮到底跟他說了什麼？自然囉，一個陌生人占據了瑪麗亞的心，這有什麼值得懷疑的？「我一個勁地等信，很明顯，她不願意再見到我了，這就是說，她委身於……誰呢？沒有辦法接近兒子。去逼他講，那我就暴露了自己……」這時兒子站了起來，走出門去，母親喊道：「你去那兒？」他不回答。母親又說：

「他現在幾乎每天晚上都去波爾多。我知道他從花匠那裏要去了柵欄門的鑰匙，在兩點鐘的時候，他從『洗碗間』的窗子裏鑽進來，你瞧瞧他對我的指責是什麼態度……你應該管一管，你太縱容了！」

醫生只有氣無力地喃喃說：

「最明智的是閉上眼睛。」

他又聽見巴斯克的聲音：「他要是我的兒子呀，你瞧我怎樣治他……」醫生也站起來，走到花園裏。他要是有勇氣，眞想喊叫起來：「除了我的痛苦以外，一切在我眼中都不存在。」人們從未想到往往是父親的情慾使父子隔離。

他回到屋裏，坐在桌前，拉開抽屜，取出一大捆信件，將瑪麗亞六個月以前寫的信又讀了起來：「再也沒有任何東西使我留戀生活，除了一點：我渴望變得高尙……哪怕誰也不知道我這樣做，而社會仍然對我嗤之以鼻，我也不在乎，我接受屈辱……」醫生忘記了，如此高尙的品德當時曾使他氣餒，他們之間的關係建立在崇高的境界之中，這點是他難以忍受的，他狂熱地要拯救那個女人，而如果與她一起沉淪，他會感到無比幸福。他想像雷蒙會如何嘲弄這封信，便氣憤起來，彷彿身旁有人似地以不贊同的語調低聲說：「『裝出來的』？『裝出來的』？」這是因爲她的用詞總是太文學氣……可是當她守護著垂死的小弗朗索瓦，她那如此樸實的痛苦，難道是「裝出來的」？她接受痛苦，彷彿她從母親反覆講述的康德哲學的信條中，接受了神秘主義的全部老遺產……在那張灑滿了百合花的小床前，（在屍體四周是何等的寂靜？何等的譴責？）她責罵自己，捶胸頓足，呻吟說：「這樣更好，孩子沒來得及爲她感到羞愧……」想到這裏，科學家又揮了進來：「她確實是誠心誠意，不過，在崇高之中也夾雜著滿足，是的，她那故作姿態的愛好得到了滿足。」瑪麗亞．克羅絲一貫尋求小說般的情景；她不是異想天開地想和奄奄一息的拉魯塞爾太太見一面嗎？醫生費了不少口舌才讓她明白，這種會見只是在戲劇裏才能取得成功。不過他還是答應在那位太太面前爲情婦開脫幾句，而且他還轉告瑪麗亞說太太寬恕了她。

醫生走近窗子，朝幽暗朦朧的窗外俯身，專心辨別黑夜裏的嘈雜聲：蟋蟀和蚱蜢發出不同的嘓嘓聲，滿池塘的青蛙和兩隻癩蛤蟆在叫，一隻小鳥也在時斷時續地啁啾，這大概不是夜鶯吧，末班電車在行駛。「我自有我知道的事。」雷蒙說。是誰得到了瑪麗亞．克羅絲的歡心？醫生想到了一些名字，又將它們排除了，這些人最惹她厭惡。不過，誰不惹她厭惡呢？你還記得拉魯塞爾來量血壓的那一天告訴你的秘密嗎：「我們私下說說；她不喜歡那個……你明白我的意思，嗯？要是我，她還能忍受，因爲到底還是我呀……頭幾次我把那些先生們聚集在一起的時候，眞叫人笑痛肚子。他們圍著她團團轉，這點我早料到了；當一個朋友介紹他的情婦時，我們第一個念頭就是把她搶過來，嗯？我心想：幹吧，好小子們……可是沒過多久，他們都被治得乖乖的。誰也不像瑪麗亞那樣對性愛的事如此無知，如此不感興趣；我這樣說是因爲我知道內情。一個清白的女人，大夫！比起鄙視她的漂亮而規矩的太太們來，她要清白得多。」拉魯塞爾又說：「正因爲瑪麗亞不像任何別的女人，所以我總是害怕當我不在的時候她會作出什麼荒唐的決定；她整天想入非非，只有去墓園才出門……你想她是不是受到什麼書的影響？」

「是呀，可能是書。」大夫想道，「啊不，不然我會知道的，這我可算內行。一本書有時可以完全改變一個男人的生活，其實這也不一定，只是這麼說說罷了，可是改變一個女人的生活？算了吧！從來只有活著的東西，只有有血有肉的東西才能深深觸動我們。一本書？」他搖搖頭。書這個字眼在他腦中喚醒了另一個字眼「山羊」①，於是他看見在瑪麗亞・克羅絲身旁站起了一個人身羊足的牧神②。

幾隻貓在草地上長久地哭泣。有人踩著小徑上的沙礫嘎吱作響，一扇窗子打開了，大概是雷蒙回來了。接著醫生聽見走道裏有人在走動，而且敲他的房門，是瑪德蘭，「爸爸，你還沒有睡？我是為卡特琳來的，她咳得嗓子都沙啞了……突然這麼一陣……我怕是假膜性喉炎。」

「不，假膜性喉炎起病時不是這樣的。我就來。」

不一會兒，他從女兒那裏出來，感到左側疼痛，用手摸著心臟，在黑暗中靠在走道的牆上一動也不動；他沒有叫人；他神智很清楚，聽見門後面巴斯克夫婦的對話：

「你要我說什麼呢，他是學者，這當然，不過，他的科學使他成為懷疑論者，他不再相信藥物了，沒有藥物怎麼能治病呢？」

「他不是說過這沒關係嗎？連喘鳴性喉痙攣都不是。」

「你別怕。要是對他的病人，他肯定會開點什麼藥的。對家裏人，他可不花錢、他可不負擔藥費。又不能去看別的大夫，有時候這可真彆扭。」

「是呀，不過，夜裏隨時可以叫他，這還是很方便的。將來這個可憐的人去世了，這些孩子會讓我沒法睡個安穩覺。」

「你應該嫁給一位大夫。」

一陣被親吻堵住的笑聲。醫生感到捏著他心臟那隻手鬆開了，然後，他悄悄走開。他躺下，臥著的姿勢使他無法忍受，於是他在黑暗中坐在床上。一切都在沉睡，除了樹葉的窸窣摩擦聲……「瑪麗亞愛過嗎？我記得她曾有過幾次狂熱……比方說，對小加比·迪布瓦，他非要加比和迪蓬根泰爾斷交不可……不過這仍然是一種崇高類型的情慾……她的祖先中大概有一位信徒，她繼承了拯救靈魂的癖好。關於這一點，有誰和我講過，說這個加比講了瑪麗亞許多難聽的話？……我還記得她的另外幾次狂熱……『那個』也許是原因之一……我發覺過分崇高的人是……已經天亮了！」

他丟開枕頭，小心翼翼地躺下來，提防著免得傷害他那部機器，他失去知覺。

---

① 在法語中，這兩個字的發音有近似之處。

② 古希臘羅馬的神靈，喜好吹笛和追逐、劫持山林水澤中的仙女。

8

「我該對花匠說什麼呢？」

在波爾多公園裏一條僻靜的小徑上，瑪麗亞・克羅絲努力勸雷蒙去她家，他在那裏不會撞上任何人的。她一再要求，自己都感到害臊，不由自主地覺得這是傷風敗俗。這個孩子從前在商店門口來回走幾趟都不敢進去，他的這種恐懼在她眼中成爲純潔的象徵，這是很自然的。因此她申辯說：

「雷蒙，你千萬別以爲我想……別以爲……」

「我討厭從花匠面前走過去。」

「我不是跟你說過嗎？沒有花匠。我位在拉魯塞爾先生沒能出租的空房子裏，他讓我在那裏看房子。」

雷蒙大聲笑了起來：

「那你就是花匠囉，嗯！」

少婦垂下肩頭，轉開臉去喃喃說：

所有的表現都在指責我。人家不一定知道我接受這個位置時確實是眞心誠意，而且當時弗朗索瓦需要呼吸鄉村的空氣……」

雷蒙早知道她這一段經歷，轉過頭去自言自語道：「你就胡扯吧……」接著又打斷她的話：

「你說沒有花匠……那佣人呢？」

她叫他放心。星期天她讓唯一的女佣人茱斯蒂休假，這個女人嫁給了一位司機，他晚上來這裏過夜，這樣一來，門窗不嚴實的房子裏就有了一個男人，因爲郊區很不安寧；可是每星期天下午，茱斯蒂和丈夫一起上街。雷蒙只要進來就行了，他將穿過左面的飯廳，客廳在盡頭。

他全神貫注地用鞋跟挖著沙土，鞦韆在女貞樹後面嘎吱作響，一位小販向他們兜售滿是塵土的小麵包，和用黃紙包著的巧克力棒糖。雷蒙說他沒有吃下午的點心，買了一個羊角麵包和一塊杏仁巧克力酥。在這一刻，面對著撕麵包吃的孩子，瑪麗亞看到自己無法避免的命運；她產生慾望的時候並未感到絲毫惶惑，然而她的一切舉動從表面上看來都邪惡可怕。在電車上，當她的眼睛從這張面孔上開始得到休憩時，不，她沒有想到邪惡，爲什麼她要抗拒光明正大的柔情呢？再說，一個乾渴的人，一旦遇到泉水，是不會懷疑的。「是的，我願意在家裏接待他，因爲在街上，在公園的長椅上，我得不到他的秘密……但是，表面上看到的只是這一點：一個二十七歲的女人，一個當情婦的女人，把一個少年拉到家裏去，而他父親恰恰是一向信任她，唯一不向她扔石頭的人……」他們在快到聖熱內斯十字架的地方分了手，她仍然在想：「我要他來，不是爲了幹壞事，不是爲了幹壞事，這個念頭叫我懸心。不過，他有戒心，怎麼能不起戒心呢？我的一切舉動都有兩面：朝我的那一面清白無邪，而朝外人的那一面萬惡不赦。也許是外人看得清……」她說出一個又一個名字……如果說她受鄙視是由於某些舉動的意圖被別人發覺了，那麼她還有哪些暗中進行的舉動，只有她一個人知道的舉動……

她推開鐵柵門，星期日雷蒙將第一次推門進來。她走上亂草叢生的林蔭道（沒有花匠）。天空烏雲密布，看來不可能不下雨，而萬物的乾渴彷彿使天空不敢嘗試。樹葉枯萎地垂下來。女佣人沒有關上百葉窗，肥大的蒼蠅往條板上撞。瑪麗亞有氣無力地把帽子扔到鋼琴上，她的鞋弄髒了長椅，她無法做別的動作，只能點起一支菸。啊！還有這個：身體的怠惰，儘管她的想像力熾熱非凡。她這樣待著，浪費了多少個下午，她抽煙抽得心裏難受！她搭配和拆除了多少個逃遁和淨化的計劃！因爲首先就得站起來，採取行動，見見人……「可是，如果說我放棄對自己的表面生活進行修正的話，那麼，無論如何，我不能再做任何違背良心，或者使良心不安的事情，就好比這個小庫雷熱……」當然，她請他到家裏來僅僅是爲了享受她已經在六點鐘的電車上嚐到的那種愉快：一個人的在場所帶來的安慰，憂鬱而單一的凝視，而在家裏可以比在電車上更近、更從容不迫地享受這種愉快。就僅僅是這些？就僅僅是這些？當一個人的在場使我們激動時，不知不覺地我們爲可能引起的後果而戰慄，爲朦朧不定的前景而惶惑。「如果當初我認爲他對我的這一套置之不理，我們永遠不會交談的話，那我很快就會把他看膩了……這麼說，我想像在這個客廳裏，我們之間不會發生別的事，只是相互談談心裏話，母性的愛撫，平靜的親吻，可是你得有勇氣承認，在這純潔的幸福之外，你預感到整整一段既禁止又開放的區域，不用跨越邊界，這是一片空地，你會逐步陷進去；這是一片黑暗，你會消失在其中，彷彿由於不當心……那麼以後呢？誰能禁止我們得到幸福？難道我不會使這個孩子幸福嗎？……在這一點上，你開始欺騙你自己了，這是庫雷熱醫生的孩子，這位聖人醫生……他呀，他根本不容許提出這個問題來！有一天，你笑著對他說，他內心的道德準則和他頭上的星空一般明亮……」

瑪麗亞聽見雨點敲打樹葉的聲音，遲疑不來的雷聲在隆隆滾動；她閉上眼睛沉思，集中精神去想那位如此純潔（她願意把他想得純潔）的孩子的親愛的面龐，而就在此刻，他正加快腳步趕在風暴之前，他心裏想道：「帕皮榮說最好是快動手，他說過：『對這種女人，就得來點粗暴的，她們就愛這個……』」小伙子惶惑不安，他瞧瞧響著悶雷的天空，突然把斗篷搭在頭上跑了起來，他揀最近的路走，跳過一叢花，像山羊一樣靈巧。

雷雨遠去了，但仍在那裏，在寂靜中它讓人有所察覺。這時瑪麗亞忽然有種靈感，是的，她有把握，不用懷疑這種靈感，她站起來坐到桌前寫道：「星期日你不要來，當然，星期日，永遠，你都不要來。我作出這個犧牲完全是爲了你……」她應該在這裏簽上名的，可是魔鬼讓她又寫了一張紙：「你可能是我嚴酷而虛度的生活中唯一的歡樂。在今年冬天的歸途上，我從你那裏得到了歡愉，而你並不知道。你給我看的那張面孔，只是心靈的反映，而我原來希望佔有你的心靈：了解你的一切，撫慰你的憂鬱，爲你撥開前程上的樹枝，在你眼中勝過母親，勝過女友……我幻想過這些……可是要成爲另一個人，這不取決於我自己……儘管你不願意，儘管我不願意，你還是會吸進使我窒息的這種腐敗的空氣……」她還寫了很久，雨已經下開了，只聽見涓涓的流水聲。房間的窗戶被關上了。壁爐裏響著雹粒聲。瑪麗亞·克羅絲拿起一本書，可是光線太暗，而且，由於暴風雨，電燈不亮。於是她坐到鋼琴前，俯著身，兩隻手彷彿吸引著腦袋似地彈奏起來。

第二天是星期五，瑪麗亞看到暴風雨使天氣變得陰霾，感到一種朦朧的歡快，她穿著便袍，整整一天消磨在閱讀、音樂和懶惰之中；她竭力回憶她信中的每一句話，竭力想像小庫雷熱會如何反應。星期六，在沉濁的上午以後，雨又下了起來，這時瑪麗亞明白她的樂趣從何而來：壞天氣將是她星期天不出門的理由，因爲她最初是打算出門的；如果小庫雷熱不顧她的勸阻而前來赴約，那麼她會在家。她站在窗前，看著雨點濺到小徑上，她離窗稍稍走了幾步，用一種彷彿作莊重保證的堅定聲音說：「不管天氣好壞，我都出門。」

她去哪裏呢？如果弗朗索瓦活著，她可以帶他去看馬戲團……有時她去聽音樂會，獨自租一個包廂，或者最好是樓下包廂，可是觀衆很快就認出她來，從他們嘟動的嘴唇上她猜到了自己的名字；望遠鏡使她一無遮欄地就近暴露在敵人眼前。一個聲音在說：「不必多說什麼，這些女人就是會打扮。——肯花錢，那還不容易。——再說這些女人成天不就是在打扮嗎？」有時候，拉魯塞爾先生的一位朋友從俱樂部的包廂裏走過來向她問好，他半側著身子對著劇場，放聲大笑，為在大庭廣衆之下和瑪麗亞·克羅絲交談而洋洋得意。

可是，自從她在音樂廳受到幾個女人的侮辱以後，除了聖塞西爾的音樂會以外，她哪裏也不去，即使弗朗索瓦活著時，她也這樣。那些先生們的情婦仇恨她，因為她從來不肯和她們交往。只有一個人在幾天裏博得了她的好感，那就是加比·迪布瓦；有天晚上，拉魯塞爾拉她去紅獅飯店，她在那裏和加比交談了幾句，覺得她「挺有趣味」，其實這位加比才智橫溢的激情主要是因為喝了香檳酒。在兩個星期裏，兩位年輕女人每天相見。瑪麗亞·克羅絲懷著耐心的狂熱竭力割斷她的女友與別人的聯繫，但是枉然。她們絕交以後不久，有一天她在百無聊賴之中去阿波羅劇場看日場，她像往常一樣獨自一人，引起了全場的注意，她聽見靠近樓下包廂的池座裏發出了加比的尖笑聲，這夾雜著其他人的笑聲，以及低聲咒罵的片言隻語：「這個婊子還裝作那麼高貴……這個……還要立牌坊……」瑪麗亞覺得大廳裏再沒有任何人的面孔，只有朝她看的野獸的嘴臉。等到劇院燈光再次暗下來，人們都目不轉睛地盯著一位赤身露體的舞女時，她便溜了出來。

從此，她出門必定帶著小弗朗索瓦。他死了一年，在這期間，只是爲了去看他她才出門，那塊墓石和孩子的身體一樣小，儘管她得走上墓園裏掛著「大人」指示牌的小路才能來到他那裏。然而，在去看望死去的孩子的路上，命中注定，她遇見了這個活孩子。

星期日早上，刮著大風——這不是只能吹動樹梢的風，而是從南部，從海上吹來的強勁的風，它們竭盡全力拖來了整整一塊陰暗的天空。一隻山雀在叫，更襯托出萬鳥齊喑的沉靜，算了，她不出去了，小庫雷熱已經收到她的信，她知道他很靦腆，不會不服從的。即使她什麼也沒有寫，他也不一定會下決心邁進大門。她微笑著，回想起他一面用鞋跟在小徑上挖土，一面執拗地問：「那麼花匠呢？」她獨自吃飯的時候，聽著近在咫尺的風暴。巨風的飛馬完成了使命以後在瘋狂地奔馳，並且在樹枝間噴著鼻息。它們大概從被撕裂的大西洋遠方將謹慎小心的海鷗和不歇腳的鷗鳥帶回到河面上；甚至在這個郊區的上空，飛馬的氣息似乎使雲層泛出一種海岸飄流物般的青灰色，而且給樹葉濺上一層苦澀的泡沫。瑪麗亞俯身瞧著花園，唇上感到一股冰涼的滋味。即使她沒有寫信，他也不會來的。在這種天氣，他怎麼會出門呢？要是沒有寫信，她就會擔心怕他不來。啊！還不如此刻這種安全感，這種明知他不來的安定心情。然而，如果說她身上沒有任何類似等待的情緒，那又何必打開飯廳的碗櫥，看看還有沒有波爾多葡萄酒呢？雨終於淅瀝瀝地下開了，雨點密集，攙和著陽光。瑪麗亞翻開一本書來看，但不知所云，便耐心地又從頭看起，這也枉然；她在鋼琴前面坐下，但彈得很輕，不至於聽不見大門的聲音。爲了使自己鎮靜，她趕緊自言自語說：「這是風，這一定是風。」儘管從飯廳裏傳來了遲疑的腳步聲，她仍然重複說：「這是風。」她沒有力氣站起來；他已經來到眼前，往下淌水的帽子使他很尷尬。他不敢挪動一步，她不敢呼喚他，她內心的情慾在起伏翻滾，使她暈頭轉向，這情慾衝決了堤壩，狂怒地進行報復，洶湧而來，在剎那間它四處蔓延，塡滿了身體和心靈，淹沒了高山深谷。這時她嚴厲地說出這句家常話：

「你沒有收到我的信？」

他目瞪口呆。（「她想要你。」帕皮榮一再對他講，「別讓她要你，你兩手插在褲兜裏去……」）可是，雷蒙面對著這張他以爲是怒不可遏的面孔，像受罰的孩子一樣低下了頭。瑪麗亞全身顫慄，在這個滿處是幔帳掛毯的客廳的四壁之間彷彿關著一隻受驚的小鹿，她不敢動彈。儘管她作出了最大的努力把他遣走，他還是來了，因此不會有任何內疚來破壞她的幸福，她可以全心沉溺在幸福之中。命運強行將這個孩子扔給她作爲食糧，她一定要無愧於這種賞賜。她原先害怕什麼呢？此刻，她只感到最高尚的愛，而證據就是她強忍眼淚，她想起了弗朗索瓦；用不了幾年，他可能長成這樣一個小伙子……她不知道雷蒙會把她那忍住眼淚的表情當作不高興，或者發脾氣的表示。然而，她說：

「其實，你幹嘛不來呢？你來得好。把帽子放在椅子上。它是濕的，沒關係。這張熱那亞絲絨椅上沒少放過濕東西……喝點兒波爾多葡萄酒？喝？不喝？還是喝吧。」

他喝酒的時候，她說：

「我爲什麼寫了這封信？我自己也不明白……女人總有些怪念頭……再說，我知道你還是會來的。」

雷蒙用手背擦擦嘴唇。

「可是我差一點不來了。我是想：她出去了……我會顯得呆頭呆腦的。」

「自從喪禮後，我很少出門……我從來沒有跟你談起過我的小弗朗索瓦吧？」

弗朗索瓦彷彿還活著，他踮起腳尖走了進來。他母親也許會將他留在身邊，以避免危險的單獨相會。雷蒙認爲這只是一種嚇唬他的裝腔作勢，其實恰恰相反，瑪麗亞一心想寬慰他，她絲毫不怕他，倒是認爲他害怕自己。再說，死孩子的闖入，並不是應她所求；小男孩自己闖了進來，就好像那些聽見母親在客廳裏說話便不敲門而徑自進來的孩子一樣。既然孩子在身邊，那就意味著一切都十分純潔。你又爲什麼惶惶不安呢，可憐的女人？小弗朗索瓦靠著你的椅子活著，他在笑，他不臉紅。

「他死了大概有一年多了吧，下葬的那一天我還記憶猶新……媽媽對父親發了一頓脾氣……」

他停住了；他眞想把這些話再嚥下去：

「爲什麼發脾氣，啊，是的……我明白……即使在這一天，人們也不同情……」

瑪麗亞站起來，拿來一本相冊放在雷蒙膝上說：

「我要給你看看他的照片，只有你父親看過。瞧，他這時剛滿一個月，我丈夫抱著他，他這麼小的時候，樣子挺怪，當然在媽媽眼裏是例外。你瞧，他這是兩歲，抱著皮球在笑。這一張，你瞧，我們在薩利，他身體已經很衰弱了，我不得不動用微薄的家當好應付療養期間的開銷；不過那時有一位大夫，眞慈善，眞好……他叫卡札馬若爾……他這是在拉著驢子的韁繩……」

她朝雷蒙俯下身，一頁一頁地翻相冊，她沒有看見小伙子那憤怒的面孔，他的膝頭被相冊壓著，動彈不得。他喘著氣，由於無法施展狂暴而發抖。

「瞧，他這是六歲半，死以前兩個月。他恢復得不錯，是吧？我一直在考慮是不是讓他太用功了。你父親說不是。他才六歲，碰見什麼書就拿起來看，哪怕看不懂，因爲他總是和大人一起生活……」

她又說：「他曾經是我的同伴，我的朋友……」因爲在這一刻，她將弗朗索瓦在她生活中的眞正作用和她希望他起的作用混爲一談了。

「他已經對我提出問題了。我度過了多少焦慮不安的夜晚，想到有一天我得向他解釋……如果說現在有一個思想能幫助我活下去的話，那就是他死時並不知道……他沒有能夠知道……永遠也不知道……」

她挺直了身體，兩臂下垂。雷蒙不敢仰視，但聽見她的身體在顫動。他很受感動，但仍然懷疑這種痛苦是否眞實，後來，在回家的路上，他一再自言自語說：「她對自己的戲法也信以爲眞……她拿死人來作文章……可是，她的眼淚呢？」他不知道該如何看她，在這個少年心中，「壞女人」有一個神學中的形象，這個形象與老師們講述的形象相吻合，雖然他自認不受老師們的影響。瑪麗亞．克羅絲就像一支擺好陣勢的軍隊圍困著他，她的腳踝上叮噹響著達利拉和朱迪特①的圓環，他認爲這個女人是任何陰險虛僞的事都做得出來的，聖人們懼怕她的眼光，猶如懼怕死神。

瑪麗亞．克羅絲說：「你願意什麼時候來都行，我總在家。」她眼淚盈眶，鎭定地一直把他送到門口，沒有約好下次見面的時間。他走了以後，她靠著弗朗索瓦的床坐下，將自己的痛苦當作在懷中入睡的孩子一樣放在床上。她感到寧靜，也許是失望。她哪裏知道不會總有人來援助她的。不會的，死人是不援助活人的；我們在深淵的邊沿上祈求他們也無濟於事。他們的沉默，他們的缺席，彷彿是同謀。

①達利拉，《聖經》故事中的腓力斯女人，引誘希伯來人法官，並割下其首級。朱迪特，猶太女英雄，引誘敵軍將領，並乘其酣睡之際，割下首級。

9

如果瑪麗亞・克羅絲沒有從雷蒙的初次來訪中得到一種安全而無邪的印象，那就會好得多。她讚賞一切經過如此的簡單，她想道：「我原來眞是異想天開……」她似乎感到輕鬆，但又開始感到難受，因爲她沒有確定下次見面的時間就放走了雷蒙。在他可能來的鐘點，她總是在家裏等著。情慾的可悲的遊戲也很簡單，一個少年在頭一次風流韻事中就能掌握要領，雷蒙不需要別人指點就決定讓她「熱一熱」。

等待了四天以後，她開始責怪自己：「我跟他只談到我自己，談到弗朗索瓦，我使他傷心……他對這本相冊會有什麼興趣呢？我應該問問他的生活，使他產生信任……他覺得厭煩，他認爲我是一個不知趣的女人……要是他不再來呢？」

要是他不再來！這種擔心很快就變成焦慮：「……當然！我可以等一等！他不會再來的……他再也不會上當了……在這個年紀，他是永遠不能原諒那些討厭的人的……好！就這樣，這件事到此結束。」明顯而可怕的事實！他永遠也不會再來了。瑪麗亞・克羅絲填平了她的荒漠中的最後一眼井。剩下的只有沙子了。在愛情中有比同伙的逃遁更爲危險的嗎？他的在場往往構成了障礙：原先，在雷蒙・庫雷熱身上，瑪麗亞・克羅絲首先看到的是一個少年，而擾亂這個少年的心是件卑鄙的事，她想起了他是誰的兒子，他臉上殘留的稚氣使她想到自己死去的兒子，即使在思想上，她也只是懷著熱烈的廉恥心接近他。可是現在他不在身邊，而且她懷疑是否有一天能見到他，那又何必為自己心中的朦朧的潮水和隱秘的漩渦而疑慮重重呢？如果說這個果子不能用來滿足她的乾渴，那又何必禁止自己去想像一下它那陌生的滋味呢？這又妨礙誰呢？從刻著弗朗索瓦名字的墓碑那裏，能期待什麼責難呢？有誰到這個既沒有丈夫，又沒有孩子，也沒有佣人的房子裏來看她呢？庫雷熱太太關於配膳室的口角那番可憐的言辭，要是能夠佔據瑪麗亞·克羅絲的思想，那會多麼幸運呀！上哪裏去呢？在沉睡的花園之外是郊區，然後是石頭城市，在那裏，暴雨來臨時，有九天人們透不過氣來。在青灰色的天空中，一頭野獸昏昏欲睡，它在遊蕩，低聲嗥叫，蜷縮起來。瑪麗亞·克羅絲也在花園裏徘徊，或者在空空的房間裏來回走動，她讓步了，（她的痛苦還能有別的出路嗎？）她逐漸屈從於一種無望的愛情的誘惑，這種愛情只剩下一點可憐的幸福：感覺到自己。她不再試圖做任何事來防止火災，她不再為這種閒散，這種孤單而痛苦；她的烈火佔據了她，一個隱秘的魔鬼在輕聲對她說：「你在死去，但是你不再感到厭煩了。」

在風暴中，最奇異的不是吵鬧聲，而是它強加給世界的寂靜和麻木。瑪麗亞貼著玻璃窗看見彷彿是畫上的、一動不動的樹葉。樹木的疲憊具有人性，它們也似乎感到麻痺、驚愕和困倦。在瑪麗亞目前的狀態中，情慾本身就好比是一個人在身旁；它刺激瑪麗亞的傷口，維持她的熱情；她的愛情成爲一種窒息，一種攣縮，而她完全可以確定它在喉部和胸部的位置。拉魯塞爾的一封信使她厭惡已極。啊！就連與他接觸……從此以後也不再可能了。還有十五天他就要回來……她還來得及死去。她從雷蒙身上，從回憶中得到滿足，這些回憶在過去會使她羞愧無比：「我看著他帽子上那塊和額頭相接觸的皮膚……我在哪裏尋找他頭髮的氣味……」還有那種對他的面孔、脖子、手的好感……在絕望中得到難以想像的休憩。有時她忽然想到他還活著，還來得及補救，他也許會來。可是希望似乎使她驚恐不安，她急忙回到萬念俱灰的女人的那種徹底放棄和寧靜中去。她懷著一種可怕的樂趣去擴大那個橫在她和她堅信其純潔的那個人之間的深淵；那個高不可攀的孩子在閃爍發光，像獵戶座一樣遠離她的愛情：「我，一個已經衰老的、墮落的女人，而他還滿身稚氣，他的純潔就是橫在我們中間的一片天空，就連我的慾望也不願意在那裏劈開一條路來。」所有這些天裏，西風和南風拖來了大團大團的烏雲，好比隆隆作響的軍隊，它們正要猛撲過來，卻突然猶豫起來，圍著被嚇呆的樹梢轉了轉，接著便消失了，身後留下別處下過雨的清涼氣息。

在星期五到星期六的夜裏，雨點終於嘁嘁地下個不停。由於吃了可律靜（一種鎮靜劑），瑪麗亞平靜地接受從花園裏透過窗簾而吹到她那亂糟糟的床上的芳香氣息，然後她沉入夢鄉。

在清晨的陽光裏，她的身體輕鬆了，她對自己曾經那麼痛苦感到驚奇。這是發的什麼瘋？為什麼把一切往最壞處想？那個小伙子還活著，你一招呼他就會來。在這次發作以後，瑪麗亞又恢復了清醒、鎮定，也許還感到失望。「原來是這麼一回事？……可是他會來的。」她想道，「要想更保險，我這就給他寫信——我會看見他的。」無論如何，她得讓自己的痛苦和痛苦的根源對證一下。她強迫自己去回憶一個無害的、普普通通的孩子，她驚奇地發現，當她幻想他的頭靠在他膝上時，她不再顫慄了。「我要給大夫寫信。告訴他我認識了他的兒子（她知道自己是不會寫的）。為什麼不呢？我們在幹什麼壞事？」下午，她去到遍地水坑的花園；她確實很平靜，過分地平靜，以至暗中害怕起來；她更少地感覺到情慾，也就是說更多地感覺到空虛，這個愛情被縮減以後，再掩蓋不住空虛了。她遺憾在花園裏轉一圈只用了五分鐘，於是她再次走上原來的小徑，接著又加快步伐，因爲她的腳被草弄濕了……她要穿上拖鞋，躺下，抽煙，看書，看什麼書呢？此刻沒有什麼有趣的東西，她回到屋前。她抬頭看窗子。在客廳的一扇玻璃窗後面，她看到了雷蒙。

他把臉貼在窗上，壓扁鼻子自得其樂。她心中升起了潮水，這是歡樂嗎？她走上台階，一面想到剛剛踏過台階的那兩隻腳；她推開沒關上的門，瞧著門閂，因爲剛才有一隻手在上面按過，她慢慢穿過飯廳，調整臉上的表情。

雷蒙運氣不好，因爲在他來的這個時候，瑪麗亞爲他浮想聯翩，爲他痛苦萬分的那幾天已經過去了。在那無止境的激動和引起激動的人之間，她一眼就看出無法填補的空虛而侷促不安。她並沒有意識到自己的失望，但她卻是失望的，正如這句話所表白的：

「你剛從理髮店來？」

她從未見過他這副模樣，他的頭髮剪得太短，油光光的……她用手碰碰太陽穴上方的一個灰白色的傷疤。他說：

「這是從鞦韆上摔下來碰傷的，那時我八歲。」

她端詳他，竭力使這個既強健又瘦削的小伙子，這條高大的小狗，來符合自己的慾望、痛苦、饑餓和棄絕。在她心頭所湧現的與他有關的上千種感情中，所有能夠保全的感情都多多少少地凝聚於那張緊張發紅的面孔上。但是她沒有辦法認出眼睛和前額上的某種表情——那就是使膽怯的人決心取勝，使懦夫決心行動的那種狂熱。然而，她卻覺得他從未如此天眞，她帶著一種溫柔的權威對他說出以前常常對弗朗索瓦說的話：

「你渴了吧？回頭我給你喝醋栗汁，等你不再汗流浹背。」

她指給他一張安樂椅，可是他在她已經躺下的長椅上坐了下來，並且說他不渴：

「反正不是爲果汁口渴。」

她把衣裙拉來蓋著稍稍露在外面的大腿，這引起他的讚賞：

「多可惜！」

於是她換了姿勢，在年輕人身旁坐了起來，他問她爲什麼不一直躺著：

「我至少沒有叫你害怕吧？」

這句話使瑪麗亞・克羅絲意識到她的確在害怕，可是害怕什麼呢？這是雷蒙・庫雷熱，小庫雷熱，大夫的兒子。

「你親愛的父親怎麼樣？」

他聳聳肩，撇撇下嘴唇。她遞過去一支煙，他謝絕了，她自己點了一支，然後手肘撐在膝蓋上：

「是呀，你說過你和你父親不太親熱：這是規律，父母和子女……以前弗朗索瓦跑來偎在我的腿上時，我就想：享受享受吧，將來不會永遠如此的。」

瑪麗亞・克羅絲對雷蒙聳聳肩撇嘴的含意誤解了。此刻他正想驅散對父親的回憶——不是由於漠不關心，而是恰恰相反，自從前天在他們之間發生了這件事以來，回憶一直縈繞在他心頭。那天晚飯以後，醫生來到雷蒙正獨自吸煙的葡萄園小徑上找他，而且像一個欲言又止的人那樣在他身旁默默走著。「他找我幹嘛？」雷蒙暗自想，他沉緬於保持沉默的這種殘酷樂趣之中——也就是他在秋天的清晨，在車窗上雨水淋漓的馬車裏所感到的樂趣。他甚至不懷好意地加快步伐，因爲他發現父親跟不上他，稍稍落在後面。可是，突然，他聽不見父親的喘息聲，他轉過頭，醫生黑黑的身影待在葡萄園小徑中央一動不動，他兩手緊壓著胸，像醉漢似地左右搖晃，他走了幾步，頹然坐在兩株葡萄藤之間，雷蒙趕緊跪下；那個毫無生氣的腦袋靠在他肩上，他就近瞧著雙目緊閉的面孔，和像被揉捏的麵包心一樣顏色的兩頰。「你怎麼了，爸爸？怎麼了？親愛的爸爸。」懇求而急切的聲音彷彿具有特效，喚醒了病人，病人仍然喘息未定，但帶著茫然的神氣，勉強微笑：「沒事，一會兒就過去了……」他凝視兒子那張焦慮的臉，聽見他用八歲時那種溫柔的聲音說：「把頭靠著我，你沒有乾淨手絹，我的手絹弄髒了。」雷蒙仔細擦拭這張逐漸恢復生氣的面孔。父親又睜開了眼睛，他看到少年那頭被風稍稍吹拂的頭髮，後面是密密的葡萄藤，再過去就是隆隆作響的充滿硫磺的天空，彷彿有輛看不見的載重車在那裏卸貨。醫生靠在兒子胳膊上往家裏走，熱熱的雨點打在他們的肩頭和臉頰上——可是沒法走得快一點。他對雷蒙說：「這是假的心絞痛，不過和眞的一樣痛……我要用一點麻藥，在床上躺四十八小時，只吃流質……千萬別對奶奶和媽媽說……」雷蒙打斷他說：「你這不是在騙我吧？確實不要緊？你發誓這確實不要緊。」於是醫生低聲問道：「你會傷心嗎？要是我……」雷蒙沒一讓他說完，伸出胳臂摟住這個氣喘吁吁的身體，情不自禁地喊了一聲：「你眞傻！」將來，在不愉快的時刻，當兒子又成爲陌生人，又成爲敵手——毫無反應的鐵石心腸時，醫生將回憶起這句傲慢但卻珍貴的話來。他們兩人進到客廳，但父親沒敢吻抱兒子。

「我們談點別的吧？我來這裏不是爲了談我爸爸，你知道！我們有更要緊的事……是吧？」

雷蒙伸出一隻笨拙的大手，她抓住它，輕輕握著。

「不，雷蒙，不，你不了解他，因爲你和他生活得太近。我們最親近的人往往最不爲我們了解……我們甚至對周圍的一切都視而不見。噢，我家裏的人一直說我長得醜，因爲我小時候有點斜眼，可是上了中學，同學們說我漂亮，眞使我大吃一驚。」

「對了，給我講講女子中學的事吧。」

這個固執的想法使他的臉顯得蒼老。瑪麗亞不敢放開那隻大手，覺得它變得潮糊糊的，不免厭惡起來，正是這隻手，當她在十分鐘前接觸它時，她不免臉色發白。要是在以前，她只要握上一分鐘就會閉上眼睛，偏過頭去。而現在，這隻手潮濕而軟塌塌的。

「不，我一定要讓你了解醫生，我是個固執的人。」

他打斷她的話，說他也很固執：

「所以，你瞧，我發過誓，今天不再受你作弄了。」

他結結巴巴，聲音那麼輕，所以她可以假裝沒有聽見。但是她擴大了他們兩人身體之間的距離，接著她站起來，打開一扇窗：

「簡直不像下過了雨。太悶了。而且這會兒還有雷雨的聲音……要不就是聖梅達爾的炮聲。」

她指給他看樹葉上空那個參差不齊的雲頭，雲層深邃、陰沉，邊上有一圈陽光。可是他雙手抓住她的小臂，將她往長椅那邊推。她勉強笑著說：「放開我！」而且她越掙扎，越是笑，暗示這場搏鬥只是逗著玩的，她認爲只是逗著玩的：「你這個髒小子，放開我……」笑容變成了苦臉。她在長沙發旁絆了一下，看到離她很近的那個低額頭上成千的汗珠和他鼻翼兩側的黑斑，她呼吸到一股發酸的氣味。可是這個笨拙的牧神居然想用一隻手來扼住年輕女人的兩隻手腕，瑪麗亞一掙扎便脫了身。他們中間現在隔著那張長椅，一張桌子和一張安樂椅。她有點氣喘，但勉強笑著：

「噢，孩子，你以為能靠暴力佔有女人嗎？」

他沒有笑，這個青春時期的雄性動物受到了侮辱，失敗使他狂怒，他身上那種已經變得巨大的生理驕傲受到了致命的傷害，而且在流血。他一輩子都將記得這一分鐘：在一個女人眼中，他既令人厭惡（這倒沒什麼），又顯得滑稽可笑。他未來的一個個勝利，他將征服的一個個可憐的受害者，都永遠無法減輕這個最早的侮辱所留下的傷痛。在長時間裏，每當他想起這件事，他就用牙將下嘴唇咬得出血，或者在夜裏咬枕頭。此刻，雷蒙忍住憤怒的眼淚，他哪裏想到瑪麗亞的微笑是裝出來的，她無意去傷害一個多疑的孩子，她只是不願意流露心中的這場災難！這種覆滅！啊！先得讓他走開！讓她獨自待著！

雷蒙以前感到伸手就搆得著這位大名鼎鼎的瑪麗亞．克羅絲，他自己也曾吃驚，常常想道：「這位普普通通的小女人，就是瑪麗亞．克羅絲。」他只要伸出手去就行了，她在那裏，順從而遲滯，他可以拾起她，扔下她，再拾起她，可是突然間，他剛一伸出手臂，這個瑪麗亞就以令人目眩的速度遠離了他。啊！她仍然在那裏，但他很清楚從此以後他將搆不著她，就好比搆不著星星一樣。直到這時，他才看出她多麼漂亮，他一直忙於計算如何摘取和呑食這個果子，他從來就深信這個果子是爲他準備的，所以他沒有好好看過她——現在你只能用眼睛去呑食她了。

她重複說：「我需要獨自待一會兒，雷蒙……你明白，讓我獨自待著吧……」她不願意激怒他，所以聲音柔和，但卻流露出一種可怕的固執。醫生曾經因爲瑪麗亞不願見他而深感痛苦，但雷蒙的痛苦更深一層：我們所愛的人明明白白地、直截了當地表示不願意再看見我們，我們遭到拋棄、唾棄。我們必須從她的生活中消失，她急於把我們忘掉：「你趕快從我的生活裏出去……」她沒有把我們推走，因爲她怕我們反抗。瑪麗亞．克羅絲將帽子遞給雷蒙，推開門讓他出去，而他一心盼著消失，他結結巴巴，愣頭愣腦地道歉，滿面羞愧，又成爲自己十分厭惡的那個少年。可是，他一來到大路上，鐵柵門一關上，他突然想到他應該當面罵這個婊子的那番話……太晚了！一個念頭後來折磨了他好多年：「他沒有狠狠教訓一頓就走了。」

當這顆心將它未能辱罵瑪麗亞·克羅絲的那番話發洩在大路上的時候，年輕女人又關上了門，關上了窗，然後躺下來。一隻鳥在樹木後面發出時斷時續的鳴聲，好像一個熟睡的男人在含糊不清地說什麼。郊區響著電車聲和汽笛聲。星期六的醉漢的歌聲響在大地上。然而，瑪麗亞卻因寂靜而感到窒息——這是一種身體內部的寂靜，它從她的內心深處升起，在空蕩的房間裏積存起來，蔓延至房屋、花園、城市、世界。而在這令人窒息的寂靜的中心，她生活著，她瞧著自己身上的這團火焰，它突然間缺乏燃料，但它仍然是熄滅不了的。用什麼來維持它呢？她記得，在夜晚的孤獨靜坐即告結束的時刻，壁爐裏她以爲已經熄滅的黑灰燼有時突然最後一閃。她尋找在六點鐘電車上的那個面龐可愛的孩子，但再也找不到了。剩下的只是一個惱怒的、靦腆羞澀而又在自我激勵的小無賴——這個形象和最初被她的愛情所美化的形象一樣，都不是眞正的雷蒙·庫雷熱。她現在譴責當初被她美化和奉若神明的人：「我先後感到痛苦和幸福，難道就是爲了這個髒孩子……」她哪裏知道她的眼光就能夠使這個未定型的孩子成爲男人，將有許多人嚐到他的手腕，受到他的愛撫和打擊。如果說她用愛情創造了他，那麼她用鄙視來完成了自己的作品；她剛剛將一個小伙子拋到世界上，而這個小伙子的癖好就是向自己證明他是無法抗拒的，儘管他遭到一位名叫瑪麗亞·克羅絲的拒絕。從此以後，在他未來的全部風流故事中都包藏著一種暗暗的敵意，他樂於傷害受他控制的女人，使她們喊叫，在這一生中，他將使其他女人的面孔上流著瑪麗亞·克羅絲的眼淚，他大概生來就具有獵人的本能，可是，如果沒有瑪麗亞，他可以使這種本能稍稍有所減弱。

「爲了這個無賴……」多麼噁心！然而，熄滅不了的火焰仍然在她心中燒燃，但卻再也找不到燃料。世上沒有任何人能夠享受她這種光和熱。去哪裏呢？去埋著弗朗索瓦身體的修道院？不，不，你得承認，你去看死人只是一個藉口。她之所以忠實地探望墓園裏的孩子只是爲了同另一個活孩子一道愉快地回家。僞君子！對著一個墳墓有什麼可做的，有什麼可說的呢；每次她都彷彿撞在一扇沒有鎖眼而且永遠堵死的門上。這等於在街上的塵土中跪下……小弗朗索瓦，一撮骨灰，而你原來那麼愛笑愛哭……她希望誰在身邊呢？醫生？這個討厭鬼？不，不是討厭鬼……可是，何必追求完美呢？既然命中注定我們的每一個嘗試都顯得曖昧，雖然我們誠心誠意。瑪麗亞身上最邪惡的東西都善於從她引以爲自豪的目標中得到好處。

她不願意任何人來，也不希望去世界上任何地方，只願待在這個掛著破窗簾的客廳裏。也許去聖克萊爾？她在聖克萊爾度過了童年……她還記得，當那個與她母親爲敵的教士家庭離去以後，她便溜進了他們那個園子裡。大自然彷彿等待復活節假日過後，等待他們離去，才肯扯下樹葉織成的棕色僧服。蕨類植物愈長愈密，用它們帶絨毛的綠色波濤衝擊著橡樹下部的枝條，但松樹卻搖晃原來的灰色頂梢，彷彿對春天無動於衷，直到有一天早晨，它們從自己身上扯下了一層花粉：它們的愛情的巨大的火種。瑪麗亞在一條小徑轉彎處找到一個破碎的洋娃娃和鈎在荊豆上的一條手絹，可是今天，她成了陌生人，這個地方不會有任何東西歡迎她，除了她曾經在上面俯躺過的沙子……。

茱斯蒂通知她晚飯已準備好，她理理頭髮，在冒著熱氣的湯盤前坐下。爲了別讓女佣人和她丈夫錯過了電影，半小時後她又獨自坐在客廳的窗前。椴樹還沒有香味，在她下面，杜鵑花的顏色已經深暗了。瑪麗亞害怕虛無，想緩過氣來，便尋找一個用以抱住求生的殘骸，她想道：「我屈從了一種逃遁的本能，當我們面前的人因饑餓和需要而面目醜陋時，我們女人幾乎都有這種本能。這個野人，你以為他和你最初所熱愛的孩子完全兩樣——其實這是同一個人，只是戴上了面具而已；懷孕的女人臉上戴著煩躁的面具，同樣，充滿性愛的男人臉上也貼著一種往往可憎而永遠可怕的外表，那是因為有頭動物在他們身上蠢動。加拉泰①躲開使她驚恐同時也為她所召喚的東西……我原先幻想的是一條長長的路，我們可以在不知不覺之中往前走，從溫和地區走到最熾熱的地區，可是這個笨蛋想一步登天……我為什麼不順從這種狂熱呢？正是在那裏，而不是在別處，我才能得到意想不到的休息，也許還不止是休息……人與人之間可能並不存在極度的愛情所不能填滿的深淵……什麼樣的愛情呢？」她記起來了，她的嘴扮了一個怪相，發出一聲厭惡的「哎」，一些形象突然湧上心頭，她看見拉魯塞爾臉孔紅紅的，一面走開去一面低聲埋怨說：「你要什麼呀？……」

她到底要什麼呢？她在空寂的房間裏徘徊，靠在窗前，幻想一種她也不知道的沉靜，在那種沉靜中她能感覺到自己的愛情，而不需要任何愛情的語言——但心愛的人卻能聽到它，甚至在她的慾望還沒有產生以前就能夠捕獲她心中的慾望。任何愛撫都假定兩個人中間有一段間隔，而他們兩人卻融合爲一，因此不需要那種擁抱，那種爲羞恥心所拆散的短暫的擁抱……羞恥！她彷彿聽見加比．迪布瓦那種淫蕩的笑聲以及她有一天嚷嚷的這幾句話：「哦不，哦不，這只是你的想法！相反，只有這個才是樂事，只有這個才不使人失望……在我這倒楣的生活中，這是唯一的安慰……」爲什麼感到厭惡？它意味著什麼？它代表了某個人的特殊意志嗎？有上千個朦朧的念頭在瑪麗亞心中甦醒，然後又消失，正如在她頭上，在冷清的太空中的流星和轉瞬消逝的流星。

瑪麗亞想，我的規律難道不就是共同規律嗎？沒有丈夫，沒有孩子，沒有朋友，在世界上肯定沒有人比我更孤獨。可是這種孤獨又算什麼呢？它免除了另一種孤立，連最溫情的家庭也無法使她解脫的孤立——當我們發現自己身上有一種特殊類型的標記，一種幾乎湮沒的種族的標記，而我們表達的是這個種族的本能、要求和神秘的目的時，我們便感到孤立。啊！不要再在這種探求中耗費精神了！殘存的白晝和初升的月亮使天空仍然蒼白，但黑暗已經在安靜的樹葉下面積聚起來。瑪麗亞．克羅絲的身體俯向黑夜，它被植物的憂鬱所吸引，彷彿被吸住了，她順從的願望不是要在這條塞滿樹枝的空氣的河水中去痛飲，而是要消失在其中，融解在其中，好讓她內心的荒漠和宇宙的荒漠最後合爲一體，好讓她內心的寂靜與星球的寂靜歸於一致。

① 希臘神話中的海中仙女。

10

這時，雷蒙．庫雷熱將他未能痛罵瑪麗亞．克羅絲的那番話在大路上盡情發洩了一頓，但意猶未盡，還想玷污她的聲譽，因此，他一到家就希望去見父親。大夫像原先告訴他的那樣，已經決定臥床四十八小時了，吃的都是湯水，對他母親和妻子來說，這是值得高興的事。其實假心絞痛並不致於使他到這個地步，他是感到好奇，想在自己身上觀察這種治療的效果。羅班松頭天已經來過。「我願意請迪拉克。」庫雷熱太太說，「不過，羅班松畢竟是個大夫，他會聽診。」

羅班松沿著牆角悄悄上樓，他總是提心吊膽，唯恐迎面撞上瑪德蘭，儘管他們從未訂過婚。醫生閉著眼，腦子空空地，出奇地清醒，他的身體在輕毯下面很自在，他躺在陰暗處，毫不費力地順著自己的思路往下想，他的思想在這些時而消失時而出現的、錯綜複雜的小道上徘徊，好像一頭狗圍著主人在荊棘中搜索，而主人在悠然漫步，並不在打獵。他毫不疲倦地醞釀文章，將來只要寫下來就行了，他前次在生物學會上所作的學術報告受到了批評，他將逐條予以反駁。有母親在身旁他感到愉快，有妻子在身旁也是愉快，而且覺察到這一點也是快事；在那番令人精疲力竭的追逐之後，他終止停住不動了，聽任露西來到他的身邊；他欣賞母親善於閃避，以避免任何衝突，兩個女人毫無爭執地分享這個獵物，將它從職業、研究和外人不知的愛情中奪了過來，它不掙扎，對她們的每一句話都興趣盎然，它的天地縮小到和她們一樣。他打聽茱莉是不是一定要走，能不能希望她和瑪德蘭的佣人和解。不論是母親還是妻子用手摸著他的額頭時，他都再次感到他童年生病時的那種安全感；他很高興自己不會在孤獨中死去；他想：當我們在熟悉的桃花心木的房間裏看著母親和妻子強作歡笑的時候，我們會覺得死亡是世上最簡單的事了，她們的在場驅散了臨終時刻的滋味，就好比驅散了苦藥的滋味一樣。是的，在謊言的包圍中死去，要甘心受騙……。

一柱光線瀉進了房間，雷蒙走進來低聲埋怨說：「這裏什麼也看不見。」他走近床上的病人，今晚只有對他，雷蒙才能將瑪麗亞．克羅絲大罵一頓。雷蒙嘴裏已經感到即將吐出的那些話語的滋味。病人對他說：「吻吻我。」而且熱情地瞧著這個前天在葡萄園裏的小徑上替他擦過臉的兒子。可是，少年從明處來到暗處，看不清父親的臉，用傲慢的語調問道：

「你還記得我們前次談論瑪麗亞．克羅絲嗎？」

「記得，怎麼啦？」

雷蒙正朝那躺著的人俯身，彷彿要親吻他或是扎他一刀，他看到兩隻驚恐不安的眼睛盯著自己的嘴唇，他明白面前這個人也在痛苦之中。「我早就知道，」他想道，「自從那天晚上他說我撒謊……」雷蒙沒有一絲嫉妒，他無法想像父親什麼時候會當情夫，他沒有一絲嫉妒，而是有一種夾雜著氣惱和嘲諷的、想哭出來的奇怪願望，稀疏的鬍鬚下那可憐的灰白面頰，還有那個緊繃繃的聲音，它在祈求：

「怎麼？你知道什麼？快說。」

「我受騙了，爸爸，只有你熟悉瑪麗亞·克羅絲，所以我一定得告訴你。現在你休息吧，你多麼蒼白！你認爲這種食譜肯定對你有好處？」

雷蒙驚呆地聽著自己的話語——這和他想喊出來的話相反，他把手放到這個貧瘠而愁鬱的額頭上——就是剛才被瑪麗亞·克羅絲握著的那隻手，醫生覺得手很清涼，他害怕它抽回去。

「我對瑪麗亞的看法早就定了……」

由於庫雷熱太太又進屋來，他將指頭放到嘴唇上，雷蒙一聲不響地走了。

他不回答，低聲地問自己：「我的襪子上哪裏去了？」妻子反駁說：他剛才不是說晚上他無論如何不出診嗎？爲什麼又改變主意呢？他站不住，衰弱得會暈倒的。「這是一個老病人，你知道不能猶豫。」她嘲笑地重複說：

「是呀，我現在明白了，我費了不少時間，現在總算明白了。」

庫雷熱太太對丈夫還沒有產生疑惑，她只是想刺刺他，可是他呢，他認爲自己已經淡然，已經死了心，所以對自己毫無戒心，和曾經折磨他的情慾相比，今晚這種柔和的驚恐在他看來是最清白、最於心無愧的了。他沒有想到妻子不能像他那樣將他對瑪麗亞．克羅絲的愛情的由來及現狀作一番比較。要是在兩年前，他決不敢像今晚這樣表露自己的焦慮。當我們處在最熾熱的情慾中時，我們的舉動會本能地掩飾它，可是當我們放棄歡樂而接受永恆的饑渴時，我們就想，起碼不用再煞費苦心地騙人耳目了。

「哦不，可憐的露西，這一切現在離我很遠……這一切都確實過去了。是的，我很關心這個可憐的女人；但是這毫不相干……」

他靠著床喃喃說：「確實，我肚子空著哩。」他要妻子用酒精燈給他煮點巧克力。

「你以為這麼晚我還能找到牛奶？廚房裏可能沒有麵包了。不過你給這個女人看過病以後，她總會給你準備點宵夜吧……跑這一趟也夠得上一頓宵夜吧！」

「你眞傻，可憐的朋友，你要是知道……」

她拉住他的手，很靠近地說：

「你剛才說『一切都過去了……一切離我很遠。』這麼說，你們中間發生過什麼事？是什麼？我有權要求知道。我什麼也不會責怪你，但是我要求知道。」

醫生喘著氣，試了兩次才穿上鞋，他嘟嘟囔囔地說：「我剛才只是泛泛而談……這和瑪麗亞·克羅絲毫無關係……瞧你，露西，你沒有看著我。」她腦子裏正回想最近幾個月的情景；哦，對了，她終於找到鑰匙了！一切都得到了解釋，她覺得事情十分清楚。

「保爾，你別上這個女人那裏去，我從來沒有要求你做過什麼事……這一次你要答應我。」

他輕聲申辯說這由不得他。對一位老病人，也許快死的病人，他是有義務的；

「頭朝下栽倒，這可能致命。」

「如果你不讓我去，將來人死了由你負責。」

她從他身邊走開，無言以答。他遠去的時候，她還囁嚅地說：「這也許是圈套，他們商量好了……」接著便想起醫生從頭天起就沒有吃東西。她在椅子上坐下來，注意聽花園裏的低語聲。

「是的，她從窗口跌下來……這只能是意外事故，她要是想毀滅自己，絕不會挑客廳的窗子，還在樓中樓……是的，說胡話，她說頭疼……什麼也記不得了。」

庫雷熱太太聽見丈夫命令那人去村鎮裏弄點冰來，在旅店或肉鋪都有，還得去藥店買點溴化物（一種鎮靜劑）糖漿。

「我從路坡樹林穿過去。這比叫人套馬要快……」

「您不需要提燈，月光這麼好，像白天一樣。」

醫生剛邁出廚房下屋那邊的小鐵柵門，就聽見有人在他後面跑，一個氣喘吁吁的聲音喊著他的名字。這時他認出是妻子，她穿著便袍，頭髮盤成睡覺時的辮子，下氣不接上氣地說不出話來，遞給他一塊隔夜的麵包和一塊粗粗的巧克力。

他穿過路坡樹林，月亮給林中空地灑上斑斑點點，但皎潔的月光並未穿透樹林，它統治著大路，在那裏灑開，彷彿灑在一條爲它的光輝挖掘的河床裏。這塊麵包和巧克力使他想起當寄宿生時吃的點心的滋味——幸福的滋味，那時他只有十七歲，清晨他雙腳沾滿了露水上學去。這個突如其來的打擊使他暈頭轉向，他還沒有開始感到痛苦：「要是瑪麗亞·克羅絲死去……她爲誰尋死呢？不過，她的確是尋死嗎？她什麼也記不得了。啊，這些『受刺激的人』眞討厭，他們永遠什麼也記不清，他們命運中的關鍵時刻埋入黑暗。不過，別去問她，千萬得讓她少用大腦……記住，你只是來到她床頭的醫生。不，這不是自殺，誰要想死，絕不會挑一個樓中樓的窗口。她不吸毒，這我知道……當然，有天晚上她房裏有股乙烷的味道……不過那天晚上她偏頭疼……」

在令他窒息的焦慮之外，在他的意識的邊緣，另一個風暴正隆隆作響——到時候它就會發作的：「這個可憐的露西，嫉妒！爲了這麼一點小事，以後再想這個吧。我這就到了……這個花園，在月光下，簡直像是戲台上的……像《維特》① 裏的布景那樣蠢……我聽不見有人叫喚。」大門半掩著。醫生按老習慣朝無人的客廳走去，又轉回來，爬上一層樓。米斯蒂打開睡房的門。他走到瑪麗亞．克羅絲的床邊，她正在呻吟，一面用手把敷在前額上的白紗布推開。他沒有看見那個被毯子裹著的身體——他曾經幻想剝光衣服的身體，也沒有看見蓬亂的頭髮和連腋窩都露在外面的手臂，唯一使他感興趣的是她認出他來，而且她只是間或地說胡說。她一再說：「出了什麼事，大夫？出了什麼事？」他注意到：遺忘症。此刻，他俯在她赤裸的胸脯上，這胸脯的輕柔而朦朧的生命過去曾使他顫慄；他諦聽心臟，然後，用指頭輕輕碰著她受傷的前額，確定創傷的範圍：「這兒痛嗎？這兒？這兒？」她腰痛，他小心地掀開毯子，只讓被挫傷的那一小塊地方露出來，接著又蓋上。他的眼睛盯著錶，數她的脈搏。這個身體被託付於他是爲了讓他醫治，而不是讓他佔有。他知道自己的眼睛是用來觀察，而不是受迷惑。他用全部智力熱切地瞧著這個身體；他那清醒的神智爲可悲的愛情堵住了道路。

她呻吟說：「我難受……眞難受呀……」她推開敷著的紗布，要換一塊，女傭人便拿到開水壺裏泡一泡。司機提著一桶冰回來了，可是當醫生把冰放到瑪麗亞前額上時，她推開橡皮帽，蠻橫地要求熱敷，她對醫生喊道：「你快一點呀，你得花一個小時才能執行我的命令嗎？」

醫生對這些癥象很感興趣，他曾經在其他「受刺激的人」身上也見到這些。這個身體躺在那裏，它曾經是使他產生幻想、憂鬱的夢想以及樂趣的肉體源泉，如今它只能引起他強烈的好奇心和百倍的注意力。病人現在在說話，不是說胡話，而是口若懸河地講著。瑪麗亞往常不善辭令，她常常搜索枯腸而找不到恰當的字眼，可是此刻她突然振振有詞，不免使醫生驚嘆。她毫不費勁地用上最恰當的表達法和講究的字眼。他想到：多麼神秘呀，一次撞擊就能使大腦的能量增加十倍！

「不，大夫，不，我沒有尋死，我不許您認為我想尋死。我什麼也記不得了，可是有一點很清楚，我沒有想尋死，我想睡覺。我從來只是渴望著休息。如果有人吹噓說是他使我想尋死的，我禁止您相信，您明白我的意思，我——禁——止——您。」

「是的，朋友……我向你發誓，沒有人吹噓……你稍稍起來一點，喝下去，這是溴化物……會使你鎮靜下來。」

「我不需要鎮靜。我難受，但我很平靜，你把燈拿遠一點。活該，我把毯子弄髒了，我還會把藥打翻的，只要我願意……」

醫生問她是不是好受一點。她回答說，她一直很難受，但不僅僅是因爲受了傷，於是她又提高嗓門侃侃而談地說開了。米斯蒂頗有感觸地說：「太太說起話來像是一本書。」醫生叫她去休息，由他一個人看守病人，直到天亮。

「除了睡眠以外，還有別的什麼出路呢？您說說，大夫。現在我覺得一切都一目瞭然！過去我不明白的事，現在我明白了；我們以爲自己愛慕的那些人……那些悲慘結局的愛情……現在我明白眞相了……（她用手推開變涼了的熱敷紗布，他那潮濕的頭髮貼在前額，彷彿淌著汗。）不是許多愛情，我們身上只有一個愛情——而我們從偶然的相遇中，從偶然見到的眼睛和嘴唇上去拾起與這個愛情可能相似的東西。希望得到這個東西，這簡直是發瘋……您想想，我們和他人之間沒有其他道路相通，只有觸摸，擁抱……總之是肉體的享受！但我們很清楚這條路通向何處，爲什麼有這條路呢，爲了繁殖後代，這是您說的，大夫，僅僅是爲了這個。是的，您明白，我們走的是唯一可能的道路，但它並不通往我們所追求的東西……」

醫生最初只是心不在焉地聽著，也不想弄明白她是什麼意思，他只是對這種含混不清的口才感到好奇，彷彿生理上的震動足以使得在她身上沉睡的思想從痲痺中半甦醒過來。

「大夫，應該喜愛肉體的樂趣。加比說過：『啊不，小瑪麗亞，世界上只有它從未使我失望過，你想想吧。』唉！不是每個人都能享受這種樂趣的……我就沒法享受它……但只有它使我們忘記我們所追求的對象，它變成這個對象本身。『放蠢一點』，這話說來容易。」

大夫暗想，眞奇怪，她把帕斯卡爾關於信仰的箴言應用於肉體享受了。無論如何得讓她安靜，讓她休息，他遞給她一匙糖漿，可她再次推開，又灑到毯子上了。

「不，不，不喝溴化劑，我完全可以把它灑到床上。您可阻止不了我！」

接著她換了話題說：

「在我和我想佔有的人之間，總隔著那塊發臭的地方，那個沼澤，那片污泥……他們不明白……他們以爲我叫他們來是爲了一道陷下去……」

她的嘴在動。醫生想像她在喃喃念著一些姓名，他貪婪地彎下身，但是沒有聽見會使他驚惶失措的那個名字。在幾秒鐘時，他忘記了病人，看到的只是一個撒謊的女人，他責罵說：

「和別人一樣，你也算了吧！你和別人一樣，追求的只是這個：肉體的樂趣……所有的人，我們所有的人追求的只是這個……」

她抬起美麗的胳膊，捂住臉，久久地呻吟。大夫喃喃說：「我這是怎麼回事？我瘋了？」他換了一塊敷布，又倒了一匙藥，稍稍扶起那個疼痛的頭。瑪麗亞總算喝了下去，沉默片刻以後，她又說：

「是的，我也一樣，我也一樣。可是，你知道，大夫，看見閃電的時候，同時聽見霹靂，這是什麼滋味嗎？在我身上，樂趣和厭惡就像閃電和霹靂一樣交織在一起，它們同時襲擊我。在樂趣和霹靂之間沒有任何間隙。」

她安靜些了，不再說話。醫生在一張安樂椅上坐下守夜，心緒紊亂。他以為瑪麗亞睡著了，可是突然，她那平靜了的夢幻般的聲音又響了起來：

「能被我們觸及和佔有的人——當然不是指肉體——也會佔有我們。」

她的手摸索著扯開前額上的濕布；接著便是黑夜退去時的寂靜，便是睡眠最深沉的時刻；星星都換了位置，辨認不出來了。

「她的脈搏平靜，她睡得像個孩子，呼吸那麼輕，以致你不得不站起來去看看她是否還活著。血液湧上了她的雙頰，使它發紅，這不再是一個受痛苦的身體，痛苦不再保護它避免你的慾望。難道你那受折磨的身體還得長時間地守護這個昏沉的肉體嗎？」醫生想道，「肉體的幸福，這是爲普通人開放的天堂……是誰說過愛情是窮人的樂趣？我原來可以成爲這樣的男人：每天工作完畢以後，晚上挨著這個女人躺下，不過她就不會是現在這樣了……她可能作過好幾次母親……她的全身會帶著已經使用過、並且在日常的低賤勞動中自我磨損的痕跡……再沒有慾望，剩下的只是骯髒的習慣……天亮了，這麼快！女佣人爲什麼還不來？」

醫生害怕自己走不回家，他想大概是饑餓使他渾身無力，可他又擔心自己的心臟；他數著心跳。生理上的焦慮使他擺脫了愛情上的憂鬱，可是，儘管他沒有看到任何跡象，他的命運已經在不知不覺中與瑪麗亞·克羅絲的命運分開了，纜繩已斷，起錨，船隻已經起動，可他還不知道它在行駛，再過一小時，它將只是海面上的一個小黑點。醫生常常注意到生活總是使人們措手不及：從少年時代起，他的愛情對象幾乎都在驟然之間消失，它們或是被另一情慾裹攜而去，或是，平凡無奇地搬了家，離開了這座城市，音信杳無。死亡並不能奪走我們所愛的人，相反，它使我們保留他們，使他們永保可愛的青春，死亡猶如我們愛情中的鹽，而生命卻使愛情溶解。明天，大夫將生病躺下，他妻子將守坐在床邊。羅班松將照料瑪麗亞．克羅絲的痊癒，而且送她去呂雄溫泉，因為他最好的朋友在那裏開業，應該幫他張羅主顧。拉魯塞爾先生常因公務去巴黎，到了秋天，他將決定在布洛涅森林附近租一套房子，並且建議瑪麗亞．克羅絲去那裏住，因為她說，與其回到塔朗斯那棟地毯窗簾上都是破洞的屋子裏，與其再受到波爾多人的侮辱，還不如死了痛快。

女佣人進來了，即使大夫不是如此虛弱，虛弱得無暇他顧，即使大夫仍然精力充沛，他內心也沒有任何聲音叫他久久凝視睡眠中的瑪麗亞．克羅絲。他永遠也不會回到這座房子裏來了。但他對女佣人說：「我今晚再來……她要是激動起來，你就餵她一匙溴化劑。」他不得不扶著家具蹣跚地走開去，他頭也不回地離開了瑪麗亞．克羅絲，這在他是唯一的一次。

他希望六點鐘的新鮮空氣會加強血液循環，可是他下完台階就不得不停下來，牙齒直打顫。往日他飛向自己的愛情時，往往只用幾秒鐘就穿過了這個花園，而現在，他瞧著那邊的鐵柵門，暗想他沒有力氣走到那裏。他步履艱難地走在晨霧裏，他想轉回去；他將永遠走不到教堂，在那裏也許可以求援。他終於來到鐵柵門。在欄杆外面停著一輛車：他的車。他透過拉上的玻璃窗，認出了露西·庫雷熱死人般的僵硬面孔。他拉開車門，倒在妻子身上，他的頭靠在她肩上，失去了知覺

「別激動，羅班松負責實驗室的一切，也照顧你的病人……此刻他正在塔朗斯，你知道在誰家……別說話。」

醫生從疲憊的深淵底處觀察這些焦慮不安的太太們，聽見門後有人在竊竊私語。他再清楚不過：自己病得很重，他根本不相信她們的話；「普通的流行性感冒……不過你貧血得厲害，再經受不起這個……」他要求看看雷蒙，可雷蒙總不在家：「你睡著的時候他來過，他不願意把你弄醒。」事實上，三天以來，巴斯克中尉在波爾多四處找雷蒙，沒有找到，這個秘密，只有一位業餘偵探知道：「千萬別說出去……」

六天以後，有天晚上，大家正在吃飯的時候，雷蒙走進了飯廳。他瘦了，臉曬黑了，右眼下面有被挨了一拳的痕跡。他狼吞虎嚥地吃飯，連小姑娘們也不敢向他

提問題。他問祖母父親在什麼地方。

「他得了流行性感冒……這不要緊，不過我們有點擔心他的心臟。羅班松要求他身邊得有人，你母親和我守著他。」

雷蒙說今夜該他去守護了。巴斯克大膽說：「你最好去睡覺，你要是看見自己那副神氣……」雷蒙申辯說他絲毫不累，這些日子睡得很好。

「在波爾多不缺床睡，你知道。」

這句話的語調很不客氣，以致巴斯克低下了頭。當醫生睜開眼睛時，看到雷蒙站在那裏，他把雷蒙拉到身邊，低聲說：「你身上有麝香味……我什麼也不需要，你去睡吧。」可是，將近午夜時分，雷蒙在房間裏走來走去，將大夫從假眠狀態中驚醒。少年把窗子打得大開，探出身子抱怨說：「夜裏眞悶……」幾隻蝴蝶飛了進來。雷蒙脫去外衣、背心、硬領，回來坐在安樂椅上；幾秒鐘以後，醫生聽見寧靜的呼吸聲。拂曉時，病人比看守病人的人先醒，他驚愕地瞧著自己的孩子，孩子垂著頭，沒有呼吸，彷彿在睡眠中死去。他襯衣的袖子被撕破了，露出好似塗上蠟的肌肉發達的胳膊，胳膊上有一個水手們擅長的刺青。

①此處指德國作家歌德的小說《少年維特的煩惱》改編而成的抒情劇。

11

小酒吧間的旋轉門不停地旋轉；在一對對舞伴周圍，桌子圍成的圓圈愈來愈小，他們腳下的皮地毯也像驢皮①一樣越縮越小，在這麼小的範圍內，舞蹈只能是垂直的。女人們坐在長椅上，看著相互擠壓的手臂上那一塊並非有意的撫愛所留下的紅印，不覺發笑。名叫格拉迪絲的那個女人和她的男伴穿上皮衣說：

「你們不走嗎？」

拉魯塞爾對他們說，剛開始玩得起勁的時候他們就走了。他兩手插在褲兜裏，晃肩挺肚地走過去，坐在一個高凳上，逗著櫃台侍者和幾位年輕人直笑，他對他們誇口，說他掌握配製刺激性慾的雞尾酒的秘方。瑪麗亞獨自坐在桌前，又喝了一口香檳酒，然後放下杯。她茫然微笑，對雷蒙的在場無動於衷——她一心在想他所不知道的某種情慾——十七年的生活所積累的東西使他無法接近她，使他與她隔離。雷蒙好比是冒失而盲目的潛水員，從逝去的歲月深處又冒了出來，浮上了水面。然而，在他那段朦朧的過去，真正屬於他的只是一條在濃厚的黑暗中間很快走完的窄路；他埋頭只顧走路，對與他的道路相交的其他道路一概不知……不過此刻不是夢想的時候，瑪麗亞．克羅絲越過煙霧和舞伴們向他瞧了一眼，但很快就轉過臉去。

塞爾先生決定……他猶豫了很久，因爲兒子的緣故……。

「貝爾特朗剛復員回來就要求我們結婚，我嘛，我倒不太在乎，我服從了高尙的考慮……」

她接著說她原來要住在波爾多的：

「……可是貝爾特朗在綜合工科學校學習，拉魯塞爾先生每月裏倒有半個月住在巴黎；對孩子來說，這總是個家。」

突然她害臊自己開了口，講了這麼多心裏話，她又冷淡下來說：

「那位親愛的醫生呢？生活使我們離開最好的朋友……」

要是能再見到他，多麼高興！雷蒙以爲她心口如一，便說：「我父親正好在巴黎，住在大飯店，他會十分高興……」她趕緊轉彎，彷彿沒聽見似的。他焦急地想刺激她，以發洩自己的怒氣，他鼓起勇氣大膽去碰這個棘手的問題：

「你不再埋怨我的笨拙吧？我那時只是一個粗野的孩子，而且畢竟多麼幼稚。告訴我你不再埋怨我了？」

「埋怨你？」

她假裝莫名其妙，然後說道：

「啊，你指的是那一件荒唐事……可你沒有什麼事要我原諒呀，我想那時我眞發瘋。你只是個孩子，可是我和你認眞！今天想起來多麼沒有意思！你想不到這件事如今離我多麼遙遠。」

顯然，他使她惱怒了——但不是以他所想像的那種方式。凡是使她想起舊日的瑪麗亞·克羅絲的東西，她都感到厭惡，而她和雷蒙的那一段交情更爲可笑。她疑慮重重，正在猜測他是否知道她也許曾經想尋死……不？不然他就會趾高氣揚，而不會如此謙卑了。雷蒙對一切都有準備，只是沒有估計到這個最壞的情況——冷漠。

「那時我生活在自己的小圈子裏，沉緬於無止境的空想之中。你現在談到的似乎是另一個女人。」

雷蒙知道憤怒和仇恨是愛情的延伸；如果他能在瑪麗亞·克羅絲身上喚起憤怒和仇恨，那麼他的希望也許不致落空；但他激起的只是厭煩和恥辱，她過去居然將如此可憐的眼睛，如此蹩腳的同伴當作知己，她引以爲恥，她用挖苦的聲調又說：

「你以爲這些蠢事在我生活中有什麼位置嗎？」

他低聲埋怨說它們在他的生活中可是有位置的，這個自白他從未對自己承認過，此刻卻脫口而出。他少年時代這段可憐的交往毫無疑問影響了他的全部生活；他感到痛苦，聽見瑪麗亞．克羅絲用平靜的聲音說：

「貝爾特朗說得對，我們只是在二十五歲或者在三十歲以後才眞正開始我們的生活。」

他隱約感到這不是事實，因爲在少年時代結束時，我們身上將要實現的一切已經成形了。跨進青年時代以後，就大局已定，無能爲力了，也許從少年時代起就已經定局，在我們的肉體還未誕生之前就蘊藏於其中的某種癖好，它和我們一同成長，與我們少年時代的純潔交織在一起，而當我們成年時，這種癖好便突然開放它那可怕的花朵。

雷蒙不知所措，對這個難以接近的女人滿腹牢騷，他想起曾經熱烈渴望著對瑪麗亞講的那番話；儘管他一面講，一面確實感到措辭十分不當，但他仍然說：當然啦，那件事並沒有妨礙他在以後嚐到愛情……那還用說！在同年齡的小伙子中，他交往的女人大概最多——而且是很有身分的女人，娼妓除外……瑪麗亞．克羅絲給他帶來了好運。她仰起頭，半閉著眼睛，帶著厭惡的神氣看著他，他在抱怨什麼呢……「既然對你來說，大概只有這種骯髒事才有價值。」

她點燃一支煙，將剃光的後頸靠在牆上，在煙霧中她看著三對舞伴在旋轉。爵士樂隊停下來喘氣，男人們和女人們分開了，他們拍著手，接著又向黑人們伸出手去，作一個祈求的姿勢——彷彿那種嘈鬧聲決定他們是死是活；於是慈悲爲懷的黑人們又狂熱演奏了起來，而這些蜉蝣被節奏捲起，再次擁抱在一起飛翔。

這時雷蒙仇恨地打量這個抽煙的短髮女人，這個瑪麗亞·克羅絲，他尋找並且終於找到了使她氣惱的話：

「幸好，你現在在這裏。」

她明白他想說的是：人們總是回到最初的愛情上去。他很高興，因爲她的臉一下子紅了，她嚴厲地皺著眉頭：

「我一直討厭這種地方；你大概很不了解我，你父親一定還記得，以前每次拉魯塞爾先生拉我去紅獅飯店，我簡直受不了。我來這裏是出於義務，是的，義務，不過，對你說這些又有什麼意思呢？像你這樣的人能夠理解我的顧慮嗎？貝爾特朗親自勸我適當遷就一下我丈夫的愛好。如果我想保持影響，就不能把繩子拉得太緊。貝爾特朗很開通，你知道，他求我順他父親的意思剪短髮……」

瑪麗亞一提到貝爾特朗的名字，就顯得輕鬆、平靜、溫柔。雷蒙又想起波爾多公園裏那條僻靜的小路，下午四點鐘，一個孩子正氣喘吁吁地追著他，他耳邊又響起孩子那哭咧咧的聲音：「還我的本子……」這個瘦弱的孩子，如今成爲什麼樣的人了？雷蒙竭力想激怒她：

「你現在有了一個大兒子……」

不，她沒有被激怒，她幸福地笑著：

「對了，你中學時就認識他……」

雷蒙突然在她眼中存在了，他是貝爾特朗的老同學。

「當然，一個大兒子，可是他同時又是朋友和老師。你不可能知道，我多麼感謝他……」

「是的，你說過：你的婚姻。」

「我的婚姻，當然——不過這還不算什麼。他使我明白……不，你不會理解的。

剛才我想你和他曾經是同學。我很想知道他那時是怎樣一個孩子，我常向丈夫打聽，可是，眞不可思議，一個父親居然對兒子以往的情況無話可說，他只說：『一個乖孩子，和別的孩子一樣。』看來你大概也未能更細地觀察他，首先是你比他大那麼多！」

雷蒙低聲說：「四歲，這算不了什麼。」接著又說：

「我還記得他長的是一副姑娘的面孔。」

她沒有生氣，而是用一種平靜的鄙夷聲調說，她完全可以想像出他們性格不合。雷蒙明白，在瑪麗亞眼中，原配的兒子在雷蒙望塵莫及的高處翱翔。她在想貝爾特朗，她喝了一點香檳酒，痴痴地微笑；她也像被拆散的蜉蝣那樣，拍拍手，好讓音樂再起，添增她的幻境。雷蒙所佔有過的一切女人在他的記憶中還留下什麼痕跡呢？有一些女人，他多半都認不出來了。而在這十七年中，他無時不在回憶、侮辱與愛撫一張面孔，就是今晚近在咫尺的這個側影，但這是咫尺天涯，他簡直無法忍受；爲了不顧一切地向她靠近，他又提到貝爾特朗的名字：

「他很快就畢業了吧？」

她高興地回答說這是他最後的一年；由於戰爭，他浪費了四年光陰，她希望他畢業時名列前茅。雷蒙又說貝爾特朗肯定要繼承父業，瑪麗亞反駁說這將來得由他自己考慮。不過她深信將來他無論在哪裏都會受人敬重。雷蒙沒法理解這個心靈多麼可貴：

「他在中央高等工藝製造學校威望很高……不過我也不明白對你講這些幹什麼……」

她彷彿從天上落了下來，問道：

「那你呢？你在幹什麼？」

「經商，幹點零活……」

突然，他感到自己的生活多麼可悲。她幾乎不聽他講，她甚至也不鄙視他，在她眼中他根本不存在。瑪麗亞欠身對拉魯塞爾打招呼，他仍然坐在高凳上侃侃而談，喊道：「再待一會兒！」她低聲說：「他臉通紅！喝得太多了！」黑人們把樂器包了起來，彷彿它們是熟睡的孩子。只有鋼琴似乎停不下來，還有一對舞伴在旋轉；其他的人都倒了下來，但仍然抱在一起。雷蒙．庫雷熱往常最欣賞這個時刻；

利爪收了進去，眼中充滿柔情，聲音低沉，兩隻手狡黠……他微笑著，想到接踵而至的事：黎明時分，男人從房間裏出來，吹著口哨漸漸遠去，而在他身後，留在床上的是一個彷彿遭謀殺的、疲憊不堪的身體……啊！當然啦，他不會這樣拋棄瑪麗亞·克羅絲的！用終生的時間來享受這個女人，他也會嫌不夠。她如此地無動於衷，以致根本沒有發覺他的膝蓋靠近了她，她連接觸也沒有感覺到，他對她沒有任何影響；然而，在已經逝去的那些歲月裏，他伸手就能搆著她；她以爲自己愛他。可是那時他不明白，他只是個孩子，她本來應該告訴他要求他做什麼；任何異想天開的主意也不會使他氣餒，他會像她希望的那樣緩緩前進，必要的時候，他會緩和自己的狂熱……她會感到歡樂……而現在太晚了……難道還得等幾個世紀才能重現他們在六點鐘的電車上相結合的命運？他抬起頭看著鏡子裏那腐敗了的青春，衰老的癥象；被人愛的時代已經一去不復返了，現在該你去愛人了，如果你配得上的話。他把手搭在瑪麗亞·克羅絲的手上：

「你還記得電車嗎？」

她聳聳肩，沒有轉過頭，居然問道：「什麼電車？」接著，不等他回答就搶先說：

「麻煩你去找拉魯塞爾先生，去取衣帽……不然，我們永遠也走不了。」

他好像沒有聽見。她是故意問的：「什麼電車？」他很想反駁說，在他的生活中，除了那些時光以外，其他一切都毫無意義，那時他們曾經面對面地坐著，四周是仰著煤黑的髒臉在困睡的窮人；一張報紙從沉滯的手中滑落，那個頭髮蓬亂的女人將連載小說湊近燈光，嘴一個勁地動，彷彿在祈禱。在塔朗斯教堂後面那條小路上，暴雨的雨點在塵土中打出一個個的洞，一位騎車的工人超過他，騎車人俯在車把上，斜背著一個布包，裏面露出一瓶酒。在柵欄後面，灰撲撲的樹葉彷彿是些手在祈求雨水。

「請求你，麻煩你把我丈夫拉回來，他不習慣喝那麼多酒，我不該讓他去的，他受不了白酒。」

雷蒙原來坐下，又站起身，重新看到他在鏡子裏的容貌，甚感厭惡。仍然年輕，這又有什麼用呢？當然可能有人愛你，但你已經不能選擇了。誰掌握了人生的春天裏那轉瞬即逝的光輝，誰就無所不能……如果雷蒙再小五歲，他想他就不會對機遇感到絕望，他比誰都清楚，一個青春年少的男人有能力克服衰老的女人身上的那種反感、愛好、廉恥心和愧恨——而且會激起她的好奇和興趣。現在他認為自己無能為力，他瞧著自己的身體，彷彿他在戰鬥前夕瞧著一支折斷的劍。

「你要是猶豫的話，我自己去。他們在灌他酒……我怎麼把他弄回家呢？……多丟臉！」

「貝爾特朗要是看見你在這裏，在我身邊，而他父親在那一邊，他會怎麼說呢？……」

「他會理解這一切的，他理解一切。」

正在這時，在櫃台那邊有一個沉重的物體乒地一聲倒在地上。雷蒙趕緊跑過去，和櫃台侍者一起試著將維克多．拉魯塞爾扶起來，他的腿仍然夾在翻倒的高凳裏，他那隻痙攣的、滿是血的手還提著一支破酒瓶。瑪麗亞哆嗦著往貝爾特朗的父親肩上披一件毛皮大衣，把衣領豎起來好遮住那張發紫的臉。侍者對付賬的雷蒙說：「也不知道是不是犯了病。」他把那個胖子幾乎是抱到計程車上去的，因為他害怕他沒出門就「嗚呼」了。

瑪麗亞和雷蒙坐在折疊式的座位上，扶著醉漢躺著，在包紮他受傷的手的那條手絹上，一塊血跡愈來愈大。瑪麗亞呻吟道：「他從來不這樣的……我早該想到他只能喝葡萄酒……你發誓別說出去。」雷蒙狂喜，滿心高興地看到時來運轉。不，今晚他是不會和瑪麗亞分離的；他眞傻，剛才還懷疑自己的運氣。儘管已是冬末，黑夜仍然寒冷。在月光下蒙著一層細霜子的協和廣場顯得很白。瑪麗亞坐在汽車頂裏面，扶著這個龐然大物，它打嗝和說些含糊不清的話。瑪麗亞打開一小瓶嗅鹽，年輕人很喜歡那股發酸的氣味；他從靠著他的那個熱熱的、心愛的身體上取暖，他藉著每盞路燈的短暫的光亮來飽覽這張受辱的漂亮面孔。有一陣她把老頭子那叫人害怕的沉甸甸的頭抱在手裏，彷彿是朱迪特②。

她特別不願意門房察覺這件事，所以很高興地接受雷蒙的幫助，把病人一直拖到電梯上。他們剛把他弄到床上躺下就發覺他的手在大量出血，眼珠也翻白。瑪麗亞驚惶失措，笨手笨腳，女人們所熟悉的那些照料的本事，她一概也沒有……要不要把八樓上的佣人們叫醒？可是那多麼丟人呀！她決定給她的醫生打電話，但醫生大概裝上了斷路器，電話接不通。她啜泣起來。於是雷蒙想起父親正在巴黎，腦子一動，想叫他來，和瑪麗亞說了。她顧不上說謝謝，趕緊在電話簿上找大飯店的號碼。

「我父親穿好衣服，雇輛出租汽車就來。」

這一次，瑪麗亞握著他的手，她推開一扇門，擰開電燈：

「你在這裏等他，好嗎？這是貝爾特朗的房間。」

她說病人嘔吐了，現在感覺舒服一些，不過那個傷口仍然使她擔心。她走了以後，雷蒙坐下來，將皮大衣的釦子扣上，因爲暖氣不熱。他耳邊仍然響著父親那充滿睡意的聲音，它彷彿來自遙遠的地方！自從庫雷熱奶奶死後，他們就沒有見過面，有三年了。當時雷蒙經濟拮据，可能過於粗魯地索取他那份結婚的財產：但尤其激怒了年輕人，使他決裂的，是父親的訓斥，這位謹慎小心的父親對某些維持生計的手段特別厭惡，他認爲當掮客，當經紀人，這都有損於庫雷熱家的聲譽，他要求雷蒙從事一項正常的職業……再過幾分鐘他就來了，應該親吻他嗎？還是僅僅伸出手去？

雷蒙正在思索，這時有一件東西吸引了他，引起了他的注意：貝爾特朗·拉魯塞爾的床——這是一個罩著花棉布罩單的鐵床，那麼窄小，那麼規矩，雷蒙不覺笑了起來。這是老姑娘或神學生的床，牆上光光的，只有一面牆上有書；書桌像清白的良心一樣整整齊齊。「要是瑪麗亞去我那裏，」雷蒙想，「那會讓她換換空氣……」在他那裏，她會看到一個矮得和地毯相混同的長沙發，無論哪位冒險進入這種幽暗之中的女人都將體會到一種危險的異鄉感覺，體會到一種順從某些舉動的慾望，這些舉動對她沒有任何約束，就好比是在另一個星球上的舉動——就好比是夢中的舉動……而在雷蒙此刻等待的那間房裏，沒有任何窗簾遮住那幾扇在冬夜裏結了冰的玻璃窗，房間的主人大概希望在頭一響鐘聲以前，就能被曙光喚醒。雷蒙不會識別純潔生活的跡象。這個適於作祈禱的房間使他認爲，對愛情的拒絕和否決只是一種巧妙的拖延辦法，已能使情趣倍增。他認出幾本書的標題，低聲責罵說：「什麼樣的傻瓜呀！」另一個世界的事在他來說是再陌生不過的了，而且使他厭惡已極。他父親爲什麼遲遲不來呢？他不願意單獨待在這裏受房間的嘲弄。他打開窗子，瞧著姍姍來遲的月亮下方的屋頂。

「你父親來了。」

他關上窗，跟在瑪麗亞・克羅絲後面走進了維克多・拉魯塞爾的房間，他看到一個人影正俯在床上，椅子上有他父親那頂很大的圓頂禮帽，還有那根象牙柄的手杖（以前他把它當馬騎）；可是當大夫直起身來時，他認不出父親了。這個向他微笑，把他拉向懷中的老頭子，他知道，這就是父親。

「別抽煙，別喝酒，別喝咖啡；午飯吃白肉，晚飯別吃肉，那你就可以活到一百歲……就這些！」

醫生又說：就這些——他用心不在焉時的那種拖長的聲調。他目不轉睛地看著瑪麗亞，瑪麗亞看到他站著不動，便先走一步，拉開門說：

「現在我們大概都需要睡覺了。」

醫生跟著她走到門廳，羞怯地說：「我們又相逢了，總算是運氣……」當他匆忙穿上衣服的時候，當他坐在計程車裏的時候，他以爲這句短話一定會被瑪麗亞・克羅絲打斷，她一定會大聲說：「現在我抓住你了，大夫。我再不會放你了。」可是她沒有這樣回答」他剛走到門口又急忙說：「總算是運氣吧……」這是他第四次重複想好的話，彷彿只要他一再說，他所期望的回答就會出現。可是不然，瑪麗亞給他遞過大衣，雖然他總是找不到袖子，她並不惱火，柔聲地說：

「是呀，人生何處不相逢，我們今晚不是相逢了嗎？我們還會相逢的。」

她假裝沒有聽見大夫這句話：「也許應該試試運氣……」於是他提高嗓門：

「太太，你不認為我們可以試試運氣嗎？」

如果死人復生，會多麼令人尷尬呀！他們重返人間，對我們仍然抱著原先的形象，而我們熱切希望摧毀的正是這些形象；他們滿懷回憶，而我們所竭力要忘卻的正是這些回憶。在被潮水沖上來的這些溺死者面前，每個活著的人都感到無所適從。

「我不是您原先認識的那個懶女人了，大夫，我得去躺下，七點鐘我就得起床。」

看到他並沒有嘖嘖稱讚，她稍稍不高興。老頭子那一直盯著她的執拗的目光使她厭煩，他又說：「這麼說，你不認為我們可以試一試運氣？」

她帶著幾分勉強的高興神氣說，他現在知道她的地址了：

「我，我很少去波爾多……而您，可能……」

感謝他肯來一趟。

「要是走廊的燈滅了，開關就在那裏。」

他仍然不動，固執地問：「那次摔跤還有什麼後遺症嗎？」雷蒙從暗處走出來問道：「哪次摔跤？」她厭煩地搖搖頭，努力克制地說：

「大夫，您知道怎樣做最好嗎？我們可以通信……我不是以前那個寫信迷了，不過，給您寫……」

他回答說：

「寫信沒意思，不見面，光寫信有什麼意思？」

「正是因爲不見面才寫信呀！」

「不，不，永遠不見面的人，你以爲他們能通過寫信這種人爲的生命來延長他們的友誼嗎？特別是其中一方發覺通信成爲對方的負擔……人老了，就變得懦弱了，瑪麗亞，一個人受夠了痛苦，唯恐再添憂愁。」

他從來沒有和她講過這麼多話，她終於明白了嗎？她這時已經分心了，因爲拉魯塞爾在喊她：已經五點鐘了，她急於擺脫庫雷熱父子倆。

「好，我給您寫信，大夫，您就承擔給我回信的負擔吧。」

在關門插上門梢以後，她回到房間裏，丈夫聽見她笑，問她笑什麼。

「你不知道我在想什麼？你不會笑我吧？在波爾多的時候，大夫好像有點迷上了我……這毫不奇怪。」

維克多．拉魯塞爾用含糊不清的聲音說他不嫉妒，他想起最經常開的玩笑：「又是一個該蓋上涼石頭的人」。他又說可憐的醫生大概犯了一場心臟病，許多病人不敢拋棄他，只好偷偷地去看別的大夫。

「你心裏不難受吧？你的手不疼吧？」

「不，不疼了。」

「今晚的事千萬別讓波爾多的人知道……小庫雷熱也許會說出去？」

「他從來不去波爾多。睡吧……我熄燈了。」

她坐在黑暗裏一動不動，直到響起寧靜的鼾聲。於是她出來往自己的房間裏去。在貝爾特朗的半開的門前，她猶豫了一下，情不自禁地推開了門，一跨進門就有煙草味，人體味撲鼻而來，她憤憤地想：「我眞是昏了頭，怎麼領進來這個……」她打開窗，讓晨風吹進來，她在床腳上跪下，嘴唇在努動，眼睛貼在枕頭上。

①指家畜肉，小牛肉，豬肉。

②影射舊約中的典故，朱迪特色誘敵軍主帥，夜裡將其頭顱砍下。

12

如同往日坐在窗上雨水淋漓的馬車裏在郊區公路上行駛一樣，大夫和雷蒙此刻正坐在一輛計程車裏，像那些被遺忘的清晨一樣，他們最初相對無言。但這種沉默和往常不同，雷蒙握著稍稍靠在他身上的老頭的手，說道：「我不知道她結了婚。」

「他們誰也沒有通知；至少我認爲如此，我希望如此……總之，他們沒有通知我。」

據說是小貝爾特朗要求辦合法手續。大夫引用維克多．拉魯塞爾的話：「我這是皇族和平民女子結婚。」雷蒙喃喃說：「這是前所未聞的。」在曙光中他偷眼瞧著這個受刑人的面孔，看到他的嘴在動。這張凝固的臉，這副石頭面具，使他害怕，他隨便想起一句話來：

「家裏怎麼樣？」

大家都好，特別是瑪德蘭。大夫說她眞了不起，她一心爲女兒，帶她們去社交場合，她自己暗地裏落淚，總之，她對得起她失去的那位英雄（大夫總是讚揚在吉茲陣亡的女婿，責怪自己錯待了他，在大戰中有多少人在死後與生前判若兩人）。瑪德蘭的大女兒卡特琳和米雄家的三兒子訂了婚，得等他滿二十二歲再公開宣布訂婚。

「你千萬別說出去。」

他那種叮嚀的口氣和妻子一樣，雷蒙差一點回答說：「在這兒有什麼關係呢？」大夫停住了，彷彿感到一陣劇痛。於是年輕人計算起來：「今年他不是六十九歲就是七十歲……一個人在這個年紀，在事過多年以後，還感到痛苦嗎？」於是他感到自己的傷痕，恐懼起來：不，不，這很快就會過去的；他記得有位情婦多次說過：「當我在愛情上遭受痛苦時，我就蜷縮起來，等待著，我相信今天使我想尋死的那個男人，到了明天，也許被我視爲路人；到那時，終我帶來那麼多痛苦的對象將不值我一顧，愛是可怕的，而不再愛是可恥的……」而十七年來，這個老頭一直在流血；在那種規規矩矩的生活中，在那種克盡職守的生活中，情慾被保持和濃縮起來；沒有任何東西消耗它，沒有一絲微風使它蒸發；它積蓄起來，停滯不動，腐爛變質，毒化和侵蝕了將它閉封在內的那個生活的容器。他們繞過了凱旋門，駛進香榭大道上細弱的樹木之間，黑色的馬路像埃雷布①一樣延伸開去。

「我不想再打雜了，有人讓我去一家工廠工作，一家菊苣飲料廠，過一年他們就讓我當經理。」

醫生漫不經心地回答說：「我很高興，孩子……」

接著突然問道：「你怎麼認識她的……」

「誰？」

「你明白我指的是誰。」

「給我找工作的同伴？」

「不，瑪麗亞。」

「那是老早的事了，我念哲學班，我們大概在電車上交談了幾句吧，」

「你沒有跟我說過。只有一次，你說有個朋友在街上將她指給你看。」

「很可能……十七年了，我記不太清……啊！是的，就在那次見面的第二天她跟我說話——正是爲了打聽你的消息。她見過我。今天晚上，要不是她丈夫來找我，我想她是不屑於和我打招呼的。」

醫生似乎放了心，縮在角落裏喃喃說道：「再說，這和我有什麼關係？」他做了一個推開的手勢，兩手捂著臉，直起身子，稍稍轉向雷蒙，竭力擺脫自己，竭力想他的兒子：

「等你有了確定的地位以後，你就結婚吧，孩子。」

雷蒙笑著說不，老頭回想自己，又談起自己：

「你不會相信的，生活在家庭深處是多麼好呀……是呀！我們分擔他人的種種憂鬱，它像上千根針將血液吸到皮膚表層，你明白嗎？它使我們忘記隱痛的創傷，那深深的內心創傷，它成為我們生活中必不可少的……你瞧，我原來想等到會開完再走，可是我受不了，今天早上我就乘八點鐘的火車回去……在生活中為自己創造一個避難所，這是很重要的。生活在開始和結束時一樣，都需要一個女人來撫育我們。」

雷蒙嘀咕說：「謝天謝地！還不如死了好。」於是他瞧著這個抽縮了的、被蟲蛀蝕的老人。

「你想像不到我從你們那裏得到了多大的保護，妻子兒女圍著我們，擠著我們，使我們抵禦了那麼多激起情慾的東西。你以前很少和我談話——我不是責怪你，親愛的——你永遠也不知道，每當我正要順從一種美好的、也許是罪惡的引誘時，我就感到你的手搭在我肩上，你輕輕地把我拉回來。」

雷蒙嘟噥說：「把某些樂趣看成禁果，多麼荒謬的想法！」

「啊！我們不是同一類人，不然，我早就把這一家人弄得四分五裂了。你以為我不曾使你母親痛苦嗎？你我兩個人也不是截然不同的：在思想上，我曾經多次使這一家人四分五裂！你不知道……別申辯，對她的幸福來說，即使我有不忠實的行為，也比思想上的背叛要好得多，而這三十年來，我為這種思想上的背叛感到內疚。你得知道，雷蒙，我是個壞丈夫，你很難做到比我更壞……是的！是的！我夢想過放蕩，我……難道這比真正過放蕩生活要強？瞧你母親今天是怎樣報復我的：她對我關心得無微不至：她的糾纏不休對我是絕不可少的了：她費盡心思……白天黑夜地照料我，啊，我將舒舒服服地死去！我們沒有佣人了，你知道，她說今天的佣人和過去的佣人大不一樣，我們沒有找人替代茱莉，你還記得茱莉嗎？她回老家去了。是呀，你母親什麼都幹，我常常得說她，她毫不猶豫地親自掃地，擦地……」

他停住了，突然懇求地說：

「別老是一個人生活。」

雷蒙來不及回答，計程車已經停在大飯店門前，得下車，找零錢。大夫剛來得及收拾行李。

這是清潔工和菜農的時刻，雷蒙．庫顧熱對它非常熟悉。他深深呼吸，迎接和識別清晨歸來所具有的那種感覺：精疲力竭，吃得飽飽的動物所感到歡樂，它現在只想到巢穴、睡眠，他即將沉入其中。幸虧他父親願意在大飯店的門廊下和他分手。他老得多了！多麼衰弱！「在我們家庭之間，距離愈大愈好，我們離親人愈遠愈好。」他這樣想著。他意識到自己不再想瑪麗亞，記這一天有許多事要做，他拿出一個小本，翻到那一頁，驚奇地發現這一天彷彿膨脹了——也許是他原先認爲足以塡滿這一天的那些事情縮小了？早晨？荒漠。下午？兩個約會？他不去。他俯身瞧著這一天，彷彿一個孩子俯身瞧著一口井；只能往裏面扔幾粒石子，如何能塡滿這個洞呢？只有一件事能塡補空虛：去敲瑪麗亞家的門，請求見她，受她接待，和她坐在同一個房間裏，和她隨便說點什麼；即使辦不到這點，另一種辦法也足以消磨這空閒的時光和將來的許多光陰：和瑪麗亞約會，哪怕訂在將來遙遠的一天，那麼，他會像窺伺的獵人那樣耐心，將這天以前的那些日子一一擊斃！即使她將約會推遲，只要她另外指定一個日子，雷蒙也會感到安慰，而新的希望將會塡補他生活中無限的空虛。他的生活再只是一個空白，必須用等待來抵銷。「考慮一下吧，」他想道，「先看可行的辦法：恢復和貝爾特朗．拉魯塞爾的來往，闖進他的生活中去？可是我們沒有共同的興趣，沒有共同的交往。上哪裏，上哪個祭衣房去尋找這個虔誠已極的教徒呢？」於是雷蒙把他和瑪麗亞的關係想像得一步登天，他越過了深淵，將她那神秘的頭抱在自己彎曲的右臂裏，他的肌肉觸覺到她那個像男孩一樣剃得光光的後頸，而且這張面孔向他迎過來，越來越近，越來越大，但是，唉，它和在電影銀幕上一樣虛幻……雷蒙很奇怪，清晨的頭一批行人竟然沒有回過頭來瞧他，竟然沒有發現他那股瘋勁，他頹然坐在一張長椅上，面對著瑪德蘭教堂。他又見到了她，這是件不幸的事；他不應該再見到她的，十七年來，他不知不覺地點燃了自己的一切情慾以抵禦瑪麗亞——就好比朗德地區的農民點燃了隔離火災的火一樣……可是他又見到了她，而火災佔了上風，並且和為抵禦火災而點燃的火焰會合在一起而愈燒愈烈。他那好色的怪癖，他的習慣，這是耐心學會並培養起來的放蕩生活的技術；它現在成為火災的同謀，火災在一條很長的火線上劈劈啪啪地響著，向前推進。

「你蜷縮起來，」他對自己重複說，「這長不了。在這事未了以前，你可以吸毒，飄在水上。」而他父親可能痛苦到死，那又是怎樣一種生活！問題在於，放蕩生活是否就會使他得到解脫呢？一切都促進情慾：禁食激化它，飽食滋補它；我們的道德使它活動，刺激它，它使我們害怕，使我們迷惑；可是如果我們讓步，我們的怯弱永遠不會滿足那瘋狂的要求……啊！應該問問他父親，他長著這個毒瘤是怎樣生活的？在一個人的德行生活的最深處到底有什麼？有什麼脫身計？天主能做什麼？

雷蒙努力看著他左面那個公共時鐘上的大針在走動，他想父親大概已經離開了飯店。於是他產生了再一次吻抱老頭的願望，這只是作爲兒子的簡單願望，而在他們之間結成了另一種更隱秘的血緣關係：他們由於瑪麗亞·克羅絲而成爲親戚。雷蒙急急忙忙朝塞納河走去，雖然離火車開車以前還有一點時間；也許他是在聽從一個荒唐的念頭，就好比衣服著火的人奔跑起來。他將永遠不能佔有瑪麗亞·克羅絲，而且就這樣死去，這是多麼無法容忍的現實。他以前所佔有的東西竟無意義，只有他永遠得不到的東西才有價值。

這個瑪麗亞！他感到驚愕，一個人的命運居然會在無意之中如此影響另一個人的命運。他從來沒有想過人們身上能發出一種效力，而它往往在不被我們察覺的情況下，在遠距離外起作用，影響別人的心。在杜樂麗宮和塞納河之間的人行道上，痛苦第一次使他想到他從未思考過的事。大概是因爲此刻只是一天的開端吧，他感到自己既無雄心，也無計劃，也無娛樂，沒有任何東西使他從過去的生活中分心；由於再沒有前途，他的全部過去便突然蜂湧而來；他的接觸曾經決定了多少女人的命運！但他並不知道，他又使多少人的生活找到方向和失去方向；他不知道，由於他，某個女人弄死了腹中的胚芽，某位姑娘死去，某位同伴進了神學院，而每個悲劇都引起一連串的其他悲劇。今天的生活中沒有瑪麗亞，未來的許多日子裏也沒有瑪麗亞，這是一個嚴酷的空虛，他站在空虛的邊沿上，既發現了這種依賴關係，也發現了這種孤獨；命中注定，他和一個女人的命運緊密地相通，而他卻永遠也搆不著這個女人。這種相通一誕生，雷蒙便沉入黑暗，一直到什麼時候呢？如果他想不惜一切走出黑暗，如果他想擺脫這種引力，除了痲醉和睡眠以外，他面前還有什麼別的道路呢？……除非在他的天空中，這顆星星突然熄滅，就好像任何愛情都要熄滅一樣。但是雷蒙身上有一種從父親那裏繼承來的狂熱的激情——無所不能的激情，直到死前，它都有能力分娩另一些活人的世界，另一些瑪麗亞・克羅絲，而他將輪流成爲她們可憐的衛星……在父子倆死去以前，他們應該最後得到「他」的啟示，「他」在冥冥之中召喚和吸引他們生命最深處的那股熾熱的潮水。

他越過冷清的塞納河，瞧著車站的大鐘，他父親大概已經坐在火車上了。雷蒙來到發車的月台，沿著那輛火車走，沒多久就找到了；在一扇玻璃窗後面，有那張死人的面孔，眼睛緊閉，兩手交叉地放在一張打開的報紙上，腦袋稍稍後仰，嘴半張著。雷蒙用手指輕輕叩了一下窗；死人睜開眼睛，認出是誰在敲窗，微微一笑，然後蹣跚地到走廊裏來迎他。可是，一股幼稚的恐懼破壞了他這股高興勁，他唯恐雷蒙來不及下車就開車了。

「既然我已經看見你了，知道你特意趕來看我，走吧，親愛的，關車門了。」

年輕人對他說還有五分鐘，而且火車總是要在奧斯特爾利茨車站停停的，但這也枉然，等兒子回到了月台上，老頭才恢復了鎮靜，於是，他放下玻璃窗，用充滿著愛的眼光看著兒子。

雷蒙問旅行者還缺不缺什麼，還要一份報紙，一本書嗎？他在餐車訂了座位嗎？大夫回答說：「訂了……訂了……」他的眼睛貪婪地看著這個小伙子，這個和他如此不同，又如此相似的男人——他生命的這一部份將比他活得長一點，但他大概永遠也見不著了。

① 古希臘羅馬人對地獄之上的黑暗地區的稱呼。

國家圖書館出版品預行編目資料

愛的荒漠 / 弗朗索瓦.莫里亞克著 ;
桂裕芳翻譯. -- 初版. -- 臺北市 :
允晨文化實業股份有限公司, 2022.11
面 ;　公分. -- (經典文學 ; 28)
譯自 : Le désert de l'amour.
ISBN 978-626-95094-8-5(平裝)

876.57　　110021874

經典文學—28

愛的荒漠
Le Désert de l'amour

作者：弗朗索瓦・莫里亞克(François Mauriac)
譯者：桂裕芳
發行人：廖志峰
執行編輯：簡慧明
美術編輯：劉寶榮
法律顧問：邱賢德律師
出版：允晨文化實業股份有限公司
地址：台北市南京東路三段21號6樓
網址：http://www.asianculture.com.tw　e - mail：ycwh1982@gmail.com
服務電話：(02)2507-2606　傳真專線：(02)2507-4260
劃撥帳號：0554566-1
印刷：中茂分色製版印刷事業股份有限公司
裝訂：聿成裝訂股份有限公司
初版日期：2023年1月

定價：新台幣350元
ISBN：978-626-95094-8-5
本書如有缺頁、破損、倒裝，請寄回更換